김경남 수필집

내 영혼의 뜨락

국립중앙도서관 출판시도서목록(CIP)

내 영혼의 뜨락 : 김경남 수필집 / 지은이: 김경남. -- 서울 : 한누
리미디어, 2013
    p. ;   cm

ISBN 978-89-7969-447-5 03810 : ₩13000

한국 현대수필[韓國現代隨筆]

814.7-KDC5
895.745-DDC21   CIP2013001397

김경남 수필집

내 영혼의 뜨락

한누리미디어

머리말

시위를 떠난 화살

책으로 펴내는 즈음에 스스로에게 물었다.

하나의 책은 글쓴이의 영혼이다. 하여, '영혼의 글인가? 눈이 아닌 가슴으로 썼던가?'
하나의 책은 글쓴이의 삶과 인생이다. 하여, '글 속에서 자신의 삶과 인생은 어떠한 의미로 존재하던가?'

사람의 몸이 살과 뼈로 구성되어 있듯이 이상적인 수필은 문학성과 철학성을 함께 아우르는 것이다. 그런 이론을 알면서 그런 실제가 뒤따르는 글쓰기였나?

작가로서의 나의 글솜씨라는 것은 타고난 것이라기보다 오랜 세월 학생들에게 국어를 가르치면서도 그들에게서 배운 것이며, 또한 수필가로, 문학평론가로 어쭙잖게 원로 선배작가들의 작품평을 하면서 배우고 깨달은 교학상장(敎學相長)에서 비롯된 것이기에 대단한 것이 아니지 않은가?

화살은 과녁에 명중해야 그 역할과 임무를 다하는 것이다. 나의 생각과 느낌과 생활체험이 이제 시위를 떠난 화살이 되어 독자의 가슴에 꽂히게 되면 진정 아름다운 감동이나 영혼의 교감이나 교훈의 의미를 피워낼 수 있을 것인가?

스스로 물어 저절로 답을 얻었다. 구슬을 실에 꿰었건만 능히 보배가 되지 못하였으니 심히 부끄럽다.

내 영혼의 뜨락에는 삶의 사연들이 희로애락의 몸짓과 4계절의 빛깔로 드리워져 있다.
이해를 돕기 위해서 뜨락의 성격을 주제별로 각각 나누어 전개한다.

2013년 이른 봄에

우덕 김 경 남

차례

3 전원생활(田園生活)의 뜨락

4 불심(佛心)의 뜨락

차례

향수(鄕愁)의 뜨락

교단(敎壇)의 뜨락

차례

칼럼(column)의 뜨락

평설(評說)의 뜨락

예찬(禮讚)의 뜨락

나의 식기지락(食器至樂)은 장락무극(長樂無極)으로 펼쳐지고 있다.
오늘도 놋그릇으로 밥을 먹고, 놋그릇을 닦아 내고, 마음도 닦아낸다.
팔힘이 다하게 되면 그때서야 비로소 식탁에서 놋그릇을 내리게 되리라.

놋그릇 예찬

나는 하얀 식탁보 위에 옥바리 놋식기로 상차림을 한다. 밥그릇과 국그릇, 수저와 수저받침, 접시와 쟁반, 조칫보, 보시기, 종지, 물컵과 주전자…. 은은한 금빛으로 번쩍이는 식기들.

"상감마마가 안 부럽네."

남편은 기분이 좋은가 보다. 궁중 임금의 수랏상 식기와 똑같은 형태의 놋그릇이라서 그런지, 대접이 융숭하다는 뜻인지, 하여튼 지아비 입에서 그런 찬사가 나오면 싫어할 지어미가 어디 있을까.

어린 시절이 생각난다. 명절이 다가오면 어머니께서 넓은 마당에 멍석을 까셨다. 신발을 벗고 그 위에 둘러앉아서 언니들과 나는 암기왓가루를 놋그릇에 묻히고 뻣뻣한 볏짚을 맨손으로 움켜잡고 닦았다. 한없이 문지르고, 문지르고, 또 문지르고…….

'질리도록 닦기 힘들고 무거운 식기'라는 이 사무친 기억. 그럼에도 불구하고 나는 육순을 넘긴 나이에 또 관절염으로 고생하면서도 도자기 식기를 놋식기로 깡그리 바꾸게 되었다. 인터넷에서 우연히 특이한 형태의 놋주발을 보고 홀라당 반했기 때문이다. 그릇 전체가 항아리처럼 동그스름하고 뚜껑에는 콩알만한 꼭지가 달려 있으며, 밑 부분에는 굽이 붙어 있는 그릇이었다. 몸매에서는 단아함이, 꼭지에서 앙증스러움이, 굽에서는 품격이 느껴지는 옥바리라는 형태의 그릇이다. 뚜껑이 납작한 합식기, 곡선이 양각으로 새겨져 있는 연잎식기, 뚜껑이 둥그스름하게 솟구쳐 있는 옥식기의 모양과는 형태미가 사뭇 다르다.

그 때부터 명품 핸드백, 화장품, 옷에는 탐심이 솟구치지 않아도 놋그릇은 내 눈앞에서 늘 아른거렸다. 골동품 가게, 인터넷 경매 사이트, 방짜그릇 판매소, 민속품 경매장을 기웃거리기 시작했다. 옛것도, 현대 것도, 중고도, 새것도 구입하였다. 이왕이면 그릇 밑에 중요무형문화재나 무형문화재라는 명문이 새겨져 있는 놋그릇을 골랐는데 장인들의 정신과 기술을 신뢰해서이다.

신들린 사람마냥 소유욕에 겨워 사들이고 난 다음에 주어진 괴로움은 무엇이었던가? 세월의 때를 벗겨야 했다. 갓 만든 놋그릇은 은은한 광택을 지닌다. 그러나 구리 78%와 주석 22%의 합금으로 된 놋그릇은 시간이 흐르면 흐를수록 공기 속에서 산화작용으로 검게 되고 나중엔 녹까지 푸르게 슨다. 고려 때 만들어진 놋쇠 밥주발과 숟가락에는 5백년 세월을 머금은 푸른 녹이 고태미로서의 가치를 지니고 있다. 그러나 나에게는 그런 골동품의 개념이 아닌 주방 식기로서 구입하였기에 녹을 닦아내고 새것처럼 광을 내어야 했다.

세월의 때를 벗겨내는 고통과 고충을 어디에다 비하랴! 중고나 옛것의 묵은 때가 있는 놋그릇의 경우에는 하나의 그릇을 들고 30분 내지 1시간 이상을 씨름한다. 녹색 스카치 수세미로 한 군데를 힘주어 오래도록 문질러대어야 겨우 은은한 속살이 보이기 시작한다. 왼팔, 오른팔 바꾸어 가며 앙가슴에 땀이 배이고 이마에 땀방울이 솟구칠 즈음이면 그릇은 은빛 미소를 보여주고 나는 금빛 미소로 화답한다. 그릇의 안팎, 상하, 좌우, 문지르기를 수백 번 하고나서야 드디어 은은한 광채를 발하니 그때의 그 황금빛 환희심이란! 그렇게 죽을힘을 다하며 새것으로 만들어 놓아도 한시름 놓을 수가 없다. 그릇을 실제로 사용할 때 음식을 담아 밥을 먹고 난 후 설거지할 때쯤이면 벌써 거무스레 변해져 있으니 식사 때마다 식기와 또 씨름을 해야 한다. 지인들은 "고생을 사서 한다"며 측은해 한다. 고생 끝에 낙이 오는 이치를 그들이 어찌 알 수 있으랴?

불행 중 다행인 것은 괴로움만 있는 것은 아니었다. 식기에 밥을 담아 먹으면서, 식기를 닦으면서, 타임머신(time machine)을 타고 과거로 여행하는 즐거움이다. 이 식기들이 존재했던 옛 시대를 만나고, 이 식기들을 사용했던 옛 선인들을 만나고, 이 식기들을 만들어 내었던 옛 장인들을 만나서 알콩달콩 대화도 나누는 것이다.

이왕 빠져들었으니, 기본 식기 외에도, 여러 해에 걸쳐 신선로, 전골냄비, 양푼, 대야, 다리미, 약잔, 양주잔, 탁주잔, 국자, 주걱, 냉면기, 차스푼, 포크, 요강까지도 사들였다. 내친김에 제사용 목기도 놋제기로 죄다 바꾸어 버렸다. 뫼기, 갱기, 수저, 수저받침, 편기, 적기, 포기, 체기, 탕기, 침채기, 나물기, 제접시, 퇴주그릇, 촛대, 향로, 향합, 모사기, 주전자, 잔, 잔대…. 그리고 불기, 다기, 생미그릇도 구입하였다.

놋그릇, 천 년 전부터 존재해 온 웰빙 그릇이다. 생긴 모양도 미려하거니와 식중독균을 없애 주고, 독성에 반응하며, 보온 보냉 효과가 탁월하며, 미네랄을 내포하기에 생명의 그릇이라고 부른다. 그러니 단연 한국 식기를 대표하는 식기지왕(食器之王)이 되지 않겠는가? 유리 식기는 맑으나 언제 다칠지 모르는 어린이 같으며, 알루미늄 식기는 소탈하나 소인배 같고, 스테인리스 식기는 믿음직하나 감정 없는 냉혈한 같다. 도자기 식기는 화려하나 위태로운 처녀 같고, 옥돌 식기는 귀티가 나지만 사치스런 귀부인 같다. 그것들에 비해 놋식기는 버겁고 무거우나 사랑방 대감마님이다.

잘났기에 예뻐만 하는 것이 아니다. 나는 그에게서 세상 사는 법도 배운다. 튼실한 멋을 지녔기에 가볍게 부서지거나 무너지는 세류(世流)에 아랑곳 않는 의사(義士)의 모습이다. 과묵한 멋을 지녔기에 세사(世事)에 말 많아도 초연한 도인(道人)의 모습이다. 중후한 멋을 지녔기에 철새 같은 세태(世態)에도 지조를 지키는 선비의 모습이다. 은은한 광택의 멋을 지녔기에 튀는 색깔이 만연한 세습(世習)에 자신의 고유한 빛을 지키는 지사(志士)의 모습이다.

식탁 곁에 앉았다. 개수대 선반에 놓여 있는 놋그릇들을 바라본다. 윤기가 반짝반짝 흐르고 있다. 조선시대 어느 양반댁이나 여염집 밥상 위에 놓여 있었을 저 그릇들, 근대 어느 가정집에서 사용했을 저 그릇들, 인연 따라 돌고 돌아서 현대에 이르러 어느 얼빠진 주부가 곁에 두고 지극히 사랑하여 쓰다듬고, 즐길 줄은 저 놋그릇들도, 나 또한 몰랐었던 일이 아닌가?

나의 식기지락(食器至樂)은 장락무극(長樂無極)으로 펼쳐지고 있다. 오늘도 놋그릇으로 밥을 먹고, 놋그릇을 닦아내고, 마음도 닦아낸다.

팔힘이 다하게 되면 그때서야 비로소 식탁에서 놋그릇을 내리게 되리라.

문인 예찬

"**가**난한 문인에게서 부조를 받지 말라."

한국의 여성 문인 박완서 씨가 돌아가시기 전에 당부한 말씀이다.

이 순수한 이타심은 세인들을 감동시켰다. 그러나 넉넉하지 못한 문인들의 생활상을 새삼스럽게 인식하게 한 점에서 문인의 한 사람으로 자존심이 상하고 비애에 젖는다.

나는 그녀와 대조해 본다. 같은 점은 문인이며 여성이며, 그녀는 40대에, 나는 50대에 늦깎이로 등단하였으며, 그녀는 자신의 집 뜰에서, 나는 주말에 찾아가는 농가에서 채마밭을 일구었다. 사뭇 다른 점은 그녀는 유명 작가, 나는 무명 작가, 그녀는 전업 작가이며, 나는 전업 교사였다.

그녀의 사후에 국가 원수가 조화를 보내 애도를 표했다고 들었는데 내가 죽으면 조화를 보내올 리가 있을까.

'가난한 문인.'

물질적인 의미의 이 '가난' 이라는 말, 예술가 치고 살아 있을 때에나 당대에 부자였던 사람은 극히 드물다.

예술가란 무엇인가? 예술이라는 마약에 취해서 늘 꿈을 꾸며 꿈속에서 살아가는 사람이며 마음은 부자여도 생계는 넉넉하지 못했던 사람들이다.

만약 '마음이 가난한 자가 문인' 이라고 말하였다면 전국 문인들이 성난 파도처럼 출렁이고, 성난 이리떼처럼 몰려 올 것이다.

그런데 세상 사람들이여, 문인이 얼마나 얼마나 큰 부자인 줄 아는가? 높은 하늘이 다 내 것이며, 넓은 바다가 내 것이며, 푸르른 대지가 다 나의 것이다.

넉넉한 마음으로 인간을, 삶을, 만물을, 세상을 너무나 사랑하기에 가슴 속은 늘 태양처럼 붉고 뜨겁다.

그리고 또한 문인은 꿈꾸는 어부이다. 기쁨과 노여움, 슬픔, 즐거움을 배에 싣고서 희뿌연 새벽바다를 가로지르고, 시커먼 밤바다를 뚫으며 언어의 바다로 뛰어든다. 생각과 느낌과 체험의 그물망으로 건져 올리는 대어와 소어. 대어는 대어대로 좋고 소어는 소어대로 좋다. 다 만족할 수는 없다.

'오늘은 뭔가 큰 놈이 걸릴 거야.'

헤밍웨이의 바다의 노인처럼 늘 꿈을 꾼다. 사투 끝에 비록 뼈만 남더라도 문인은 또 다시 꿈을 꾼다. 바다로 나간다.

문인은 먼 곳을 바라보는 사슴이다. 머리에 이고 있는 것은 이상적 자아와 양심적 자아의 뿔이며, 뽑아 올린 긴 목은 본능과 충동을 초월하였다. 그런 초자아(super-ego)로 이드(id)를 누르고 긴 목으로 먼 곳을 바라보는 그 곳에는 자신이 그리는 이상과 사명이 있기에 외로움도 벗하며 살 수 있다.

문인은 지사(志士)이며 의사(義士)이며 열사(烈士)이다. 지사이기에 탁류가 만연한 세류에 동요하지 않고 지조를 지키며, 의사이기에 그 지닌 지성과 덕성으로 난세에도 꿋꿋이 곧은 성품과 품격을 견지한다. 열사이기에 끓는 듯한 열정으로 세상사와 맞선다.

문인은 하늘이 준 재능인이다. 아무나 글을 쓰는가? 글 쓰는 재능이 아무에게나 주어지는가? 천부적인 소질, 후천적인 노력, 불꽃 같은 감성, 번갯불 같은 영감. 몇 날, 며칠, 몇 달, 몇 년을 영혼의 계곡에서 생각과 느낌의 늪에서 헤매고 고뇌한 후에 건져지는 보석상자, 그 보석상자 속에서 나온 문학작품이라는 보석은 세상에 빛을 던지며 아름다움과 행복을 선사하며 인생의 이정표를 일러주며 삶의 지침을 일깨워 주는 것이다.

문인은 불멸의 문장가이다.

"문장은 나라를 다스리는 큰 사업이요, 불후의 성대한 일이다(文章經國之大業. 不朽之盛事)"처럼, 칼보다 강한 펜으로 붉디붉은 문혼으로써 처절하게 고심하고 노력한 끝에 탄생한 글꽃은 인간을 바꾸고 세상을 바꾼다.

영국의 문호 셰익스피어는 위대한 작품으로 영국의 국위를 높였기에 그의 모국은 그를 인도와도 바꾸지 않겠다며 그 존재가치를 극대화시켰다. 인생은 짧으나 예술은 길다. 문학작품 속에서 문인은 영원히 살고 있으니 이 아니 영광인가.

"풀어 놓은 말빚을 다음 생에 가져가지 않으려 하니, 부디 내 이름으로 출판한 모든 출판물을 더 이상 출판하지 말아 달라."

문인이면서도 승려 중의 승려이신 한국 청정 비구 법정(法頂) 스님의 유언이다. 문명(文名)이나 매명(賣名)을 경계한 점에서는 좋은 말씀이다. 그러나 우리 문인이 아니면 누가 인간을 개조하고 사회를 개조하며, 나라를 개조하고 세계를 개조하랴? 그분의 '말빛' 은 오히려 찬란한 '글빛' 으로 남아 인간과 세상을 밝혀주고 있지 않은가?

문인의 사명은 작게는 인간 구현, 크게는 이상 세계를 구현하는 것이다. 문인의 어깨가 축 처진 것은 가난 때문이 아니다. 이 무거운 원대한 사명 때문이다.

마음이 부유한 자여, 그대 이름은 문인(文人)이니라.

이상을 꿈꾸는 자여, 그대 이름은 문인(文人)이니라.

노년 예찬

오늘도 나는 시허연 머리칼을 염색한다. 시작하여 끝내기란 30분에 불과하지만 그동안 나의 비애는 바다처럼 넓고 깊다. 이윽고 거울에서 만나는 새까만 머리칼들, 아! 박꽃 같은 환한 마음이 조금 전의 비애를 새털처럼 날려 버렸다.

머리칼의 염색은 자신이나 타인에게 젊게 보이고자 하는 것이다. 아니, 깊이깊이 생각해 보면 추적이는 가을비 같은 비애를 한동안만이라도 외면하고 싶어서이다. 노인의 눈, 코, 귀, 입, 머리 그리고 팔과 다리, 몸에 아로새겨지는 늙음이란 불청객, 그 중에서도 자타를 막론하고 가장 눈길을 잡아끄는 것은 서리 내린 머리칼이다. 그리고 보면 시허옇게 된 머리칼은 늙음의 전령사이며 늙음의 대명사이다.

인생이란 무엇인가. 사람들은 단 하나뿐인 생명으로 오직 한 번만의 삶을 가치롭게 승화시키고 보람으로 꽃피우기 위해 자신의 삶을 꽃밭처럼 일군다. 씨앗을 뿌리고 거름을 주고 잡초를 뽑아주고 이윽고 찾아온 개화의 환희, 그리고 열매 맺는 보람……. 그러나 이내 찾아오는 노쇠 현상. 서리가 내리는 머리, 골이 지는 이마, 쭈글쭈글해지는 피부, 처지는 눈꼬리, 약해지는 청력, 옴팍해지는 입, 꼬부라지는 허리….

늙음을 속여 보고자 안간힘을 써 본다. 염색으로, 안경으로, 보청기로, 의치로, 성형수술로 젊고자 하나, 일시적인 땜질이요, 위장이요, 보완이요, 임시방편일 뿐이다.

아아! 저 허연 머리칼은 무슨 연유로 생겨났는가? 저 이마의 골은 어찌하여 파였는가? 저 피부는 왜 코끼리같이 쭈글쭈글해졌는가? 저 눈꼬리는 왜 처졌는가? 점점 떨어지는 청력은 무엇 때문인가? 하나 둘 썩어가는 저 치아는 무엇 때문인가? 저 낙타등같이 굽은 허리는 무엇을 말해 주는가?

한 생각 문득 돌이켜 본다. 그 현상들은 바로 영광의 역사인 것이다. 희어진 머리칼 한 올 한 올에는 삶에의 노고와 수고와 각고가 새겨지고 또 새겨진 것이다. 골이 진 이마는 부대끼는 일마다 깊이 생각하고 신중하게 대처함의 흔적이다. 쭈글쭈글한 피부에는 세월의 비바람과 점철된 희로애락이 아로새겨져 있으며, 저 처진 눈꼬리는 참되고 착하고 아름답고 성스러운 것과, 거짓되고 악하고 추하고 속된 것을 똑바로 관(觀)하느라 피곤에 절은 것이다. 어둑해진 귀는 옳고 그름과, 바르고 틀린 것을 분별하느라 원기가 쇠잔해서이다. 옴팍해진 입은 충실한 삶을 위하여 봉사와 활동으로 닳고 또 닳은 것이며, 구부정한 허리에는 삶에의 의무와 사명에 헌신했던 역사가 새겨져 있다.

이러한데 어느 누가 있어 감히 노년의 모습을 초라하고 추하다고 말할 수 있을까? 장군들의 가슴팍에서 찬란하게 빛나는 황금빛 훈장은 영광스러운 직무훈장이다. 그러나 수십 년 바람과 서리 앞에서 삶을 끌어안고 살아온 노인의 온몸으로 뿜어 나오는 저 금강석 빛 훈장은 인생 훈장이기에 더할 나위 없이 숭고하고 또 숭고하다.

노년은 인생 촌장이다. 삶의 계단을 가장 많이 올랐기에 많이 바라볼 수 있다. 가장 높은 곳에 서 있기에 멀리 볼 수 있다. 저 젊은이들의 얼굴을 보아라, 저 아만과 자만으로 빛나는. 저 젊은이들의 말을 들어보아라, 가볍게, 함부로 뱉어내는. 저 젊은이들의 행동을 보아라, 좌충우돌, 천방지축하는 그러기에 노년은 젊은이들에게 철학자 같은 예지로, 인생의 행복과 불행을 미리 알아 삶의 이정표를 일러주고 인생 지침서를 보여준다.

노년은 낙락장송이다. 무리 지은 소나무가 아닌, 저 산마루에 우뚝 서 있는 큰 소나무다. 위용과 위엄과 위신을 두루 갖춘 저 모습. 빼어난 허리에는 품격이, 뻗은 가지에는 삶의 예지가, 푸르른 잎은 희로애락을 초극하였다. 소나무의 눈은 세상을 다 보며, 소나무의 귀는 세상을 다 듣고, 소나무의 마음은 세상을 다 읽는다.

노년은 기도하는 선각자이다. 침묵할 줄 알고 기다릴 줄 안다. 가야 할 때를 알고 머물 때를 안다. 이상적인 삶을 살았는가, 나의 도리와 사명에 충실하였는가를 늘 성찰한다.

"내가 헛되이 보낸 오늘은 어제 죽은 이가 그토록 원하던 내일이었다."

고대 그리스 비극 시인 소포클레스의 말을 되새기며 살 줄 안다. 오늘 숨 쉬고 있음에 감사하고 그 겸허한 마음가짐으로 내일에도 숨 쉴 수 있음에 감사하여, 앞으로의 하루하루를 더 의미 있고 더 가치 있게 보낼 줄 안다.

노인이여! 중년의 시절에는 생계를 위하여 일벌레로 살아왔다. 마음 고생, 몸 고생으로 보낸 세월이 하고 많지 않았던가? 수십 년 세월을 상사의 눈치를 보며 불편하게 살아오지 않았던가? 출세를 위해 남의 어깨를 밟거나 혼자 질주하느라 가슴을 졸이지 않았던가?

그런데 이제 노년에 이르러 일에서 손을 놓았다. 다시금 일의 노예로 살고 싶어진다. 허탈감을 훌훌 날려 버리고 자유로운 마음과 몸으로 이 제부터는 휴식이 주는 여유와 평화를 누릴 때이다. 삶을 재조명하고 자아성취형 일을 찾을 때이다. 주인이 되어 진정한 인생의 관리자로 살아야 할 때이다.

인생은 한 편의 연극이다. 주연으로 활동하던 무대에서 내려와서 관객과 감독과 연출자의 눈과 마음으로 초연히 무대를 바라본 후 그 알싸한 느낌으로 교훈을 삼고 자신의 남은 삶과 인생을 꾸려 나가야 한다.

인생은 한 권의 책이다. 사람들은 조심하고 또 조심하며 꼼꼼히 열심히 성실하게 한 장 한 장 책장을 넘겨 왔다. 이제 마지막 책장을 덮을 때까지 아직도 많이 남아 있는 책장에 감사하며 정성껏 자신의 인생 책장을 넘겨야 한다.

가야 할 때를 알고 가는 이의 뒷모습은 아름답다. 아름다운 뒷모습을 남기기 위해서 노력하는 노년은 그래서 더 아름답다.

노을이 지는 삶의 뜰에서 남은 생을 바라본다.

새벽 예찬

내게는 불교수련회 때 산사에서 벗하는 새벽, 몸뻬와 호미로 주말 농가에서 벗하는 새벽, 글을 쓰면서 벗하는 새벽, 운동하면서 벗하는 새벽이 있다.

처음으로 새벽의 존재를 느끼게 된 것은 20대 대학생 시절이었다. 총 학생회간부수련회는 여름방학과 겨울방학을 이용하여 깊은 산 사찰에 서 열리곤 하였다.

아침 예불이 있는 새벽 3시 30분. 어둠을 깨우는 도량찬 목탁소리에 화들짝 일어나 허둥지둥 세숫간으로 향한다. 고양이 세수를 하고, 손전 등으로 깜깜한 절 뜰을 밝히며 걸어간다. 어둑한 법당에서의 가부좌, 이윽고 타종에 이은 예불과 참선, 108배……

법당 문을 나서면 어둠 속에 누워 있던 절 뜰이 희뿌옇게 일어나 앉 기 시작하고 먼 산이 다가선다. 산사라는 특별한 공간에서, 새벽이라는 시간대에 체험한 이 낯설고 생뚱맞은 체험들이 나를 훗날에 부처와 그 분의 가르침과 스님들을 공경하고 귀의하게 하는 불자(佛者)로 만들었다. 그뿐만 아니다.

20대 후반. 대학을 졸업하고 중등교사로 종립학교 교단에 서게 되었다. 이제부터는 교직원불교수련회의 한 교직원으로, 학생불교수련회의 지도교사로 1년에 한두 번 또 다시 새벽과 벗할 수 있었다. 며칠 동안 새벽과 친숙해지고 정을 나누었다. 새벽은 나에게 어머니도 되어 주고 스승도, 벗도, 정인도 기꺼이 되어 주었다. 교단을 떠나기 전 30여 년을 이렇게 수련회 때마다 산사의 새벽에 취하였다.

40대 중반. 주말로 찾아가는 농가 전원생활에서 다시금 새벽과 해후하였다. 텃밭에 상추, 쑥갓, 고추, 강낭콩, 고구마, 배추, 무, 토란을 심었기에 식물가족을 보살펴야 한다. 여명이 창호지문을 훤하게 비집고 들어오면 모자, 몸뻬, 토시, 장갑, 장화, 호미와 괭이 등을 갖추고 텃밭에 들어선다. 안개가 자욱한 들판, 아침 이슬에 젖은 흙과 채소, 잠들어 있는 지붕. 선 채로 졸고 있는 수목, 새벽은 이 한 폭의 수묵화를 내게 선사하였으며 나는 감흥에 겨워 그의 손에 입 맞추었다. 지금도 20년 가까이 이 신선한 체험이 이어지고 있다.

50대 초반 문단(文壇)에 발을 들여놓았다. 글쓰기란, 소리와 움직임이 일체 정지된 공간에서, 작가 혼자서 외롭게 돌리는 물레질이며 계속 되는 담금질이다. 이른 새벽, 이 때 다가온 새벽은 고독을 함께 나누는 벗이 되었다.

50대 후반에 운동을 시작하면서 새벽을 벗하였다. 아파트 가까이 분당 율동공원에는 중앙에 긴 타원형의 호수가 있고 호숫가를 따라 산책로가 펼쳐져 있다. 새벽 5시. 서둘러 공원을 찾는 것은 안개춤을 보기 위해서이다. 무대는 호수, 무희는 물안개, 호수 위에 무희가 일어선다. 매미 날개보다 더 얇은 비단옷은 휘어지고 꺾어지고 솟구치고 내려앉고, 앉는 듯 일어서며 너울너울, 빙그르르……. 악기(樂器)도 없고 악사

(樂土)도 없건만 어디선가 들려오는 비단결 같은 음률과 절세미인 무희의 뽀얀 숨결! 숨을 쉬면 안 되리. 고개를 돌려서도 안 되리. 이 무희의 춤은 오로지 이 새벽에 나만이 보아야 하리.

몽환의 시간이 흐르고 실 비단옷 무희가 서서히 사라진 수면. 한 폭의 무채색 산수화가 내려앉는다. 하늘과 하얀 구름과 산 그림자와 숲이 펼쳐지고 이어 산 위에서 조그맣게 얼굴을 내민 볼그스름한 태양은 호수에 또 하나의 태양을 띄운다. 아! 두 개의 태양을 본 사람이 있을까? 이 환희를 맛보는 자가 얼마나 될까? 여명이 가시면서 호수는 잔물결로 아침을 불러들이고 산수화를 거두어 갔다.

이렇듯 새벽은 나와 벗하였고 나는 새벽을 사랑하였다. 아침은 산뜻하나 어수선하며, 낮은 환하나 시끌벅적하며, 밤은 차분하나 어둡다. 새벽은 우주처럼 신비하고 이슬처럼 신선하며, 선녀처럼 그윽하며, 절뜰처럼 고요하고, 깊은 바다처럼 조용해서 좋았다.

새벽은 정화수(井華水)였다. 순수와, 순정과, 순결을 담은 기도다. 박꽃 같은, 백설 같은, 백합 같은 마음을 담은 염원이다. 누가 감히 그 물을 부정하다 할까. 누가 감히 그 물을 엎지를 수 있을까. 기도와 염원은 용이 되어 하늘을 날아 여의주를 물 것이다.

새벽은 산소(酸素)였다. 이 어둡고 탁하고 찌든 세상에 질식하여 숨이 막혀 든다. 새벽이 있기에 숨을 쉬고 호흡을 하고 정신을 차리고 삶의 자세를 가다듬는다.

새벽은 청정법문(淸淨法問)이었다. 삶이란 무엇인가? 긴장해야 하는 아침이며, 짜증나는 낮이며, 지친 저녁이다. 새벽은 법을 설한다. 자신을 닮아서 고요하고, 조용하고, 평화롭게 살으라고 한다. 사람들은 뱀처럼 기면서, 메뚜기처럼 뛰고, 황새처럼 날면서까지 살고 있다. 새벽은 법을 설한다. 자신을 닮아서 낮은 목소리로, 겸허한 자세로, 있는 그대로 살으라고 한다.

인간의 삶은 생존경쟁으로 지쳐 있다. 인간의 삶은 약육강식으로 살벌하다. 아! 정한수 같고, 산소 같고, 청정법문 같은 새벽이 있어 그나마 살고 있는 것이 아닐까.

나는 감사한 마음으로 살고 있다. 농가에서 일하면서, 글을 쓰면서, 운동을 하면서 새벽과 벗할 수 있어서이다.

나는 행복한 마음으로 살고 있다. 새벽이 주는 기도와 가르침과 감흥과 벗할 수 있어서이다.

사랑 예찬

꽃은 사랑으로 피며, 나무는 사랑으로 푸르며, 물은 사랑으로 흐른다. 태양은 사랑으로 빛나고, 별은 사랑으로 반짝인다. 아기는 사랑으로 성장하며, 환자는 사랑으로 병이 낫고, 국가와 국가는 사랑으로 평화롭다.

사랑이여, 듣기만 해도 황홀하고 그윽하지 않은가! 인간 최고급의 감성인 사랑, 음악, 미술, 문학, 조각, 무용 등 많은 예술활동에서 주제로 등장하며 위대한 예술작품을 창조하는 수단으로도 쓰인다. 그뿐만이 아니다. 권력, 재력, 명예, 행복, 무병장수, 사랑, 우정, 인격완성 등 가치와 보람을 창출하기 위한 인간활동의 밑바탕에는 사랑이라는 놀라운 에너지가 있다.

사람들은 자신과 사람들과 삶을 사랑한다. 그러나 자신을 버리고 사람들을 미워하며 삶을 증오하며 사는 사람이 적지 않다. 연쇄살인자에 사랑이 있었다면 남의 목숨을 앗으려 했을까? 오직 그의 가슴에는 증오의 불꽃만 타오르고 있었을 것이다. 자살자에 사랑이 있었다면 자신의 목숨을 놓으려 했을까? 오직 그의 가슴에는 절망의 심연만 보였을 것이다.

사람들은 사랑하며 살면서도 사랑의 존재를 크게 인식하지 않는다. 프랑스 소설가 찰스 슈와프는 말했다.

"사랑은 인간생활의 최후의 진리이며 최후의 본질이다."

이처럼 사랑은 위대하고 절대적이다. 사랑이 없는 세상은 불 꺼진 창이며, 깜깜한 밤이다. 건조한 사막이며, 차가운 냉구들장이며, 침묵의 바다이며, 홀로 있는 항해사이다. 사랑이 있는 세상은 어떠한가? 환한 대낮이요, 웃음의 파티이며, 온기가 도는 아랫목이며, 샘터에 넘치는 감로수이며, 안락의자에 누인 몸이다.

사랑은 창조다. 불행을 행복으로, 불가능을 가능으로, 절망을 희망으로, 무능을 능력으로, 무소유를 소유로 바꾼다. 사랑은 마른 등걸에 꽃을 피우며, 죽은 자를 되살리며, 얼음을 녹이며, 하늘과 땅을 바꾸어 놓는다.

사랑은 생명의 불꽃이다. 활활 소리까지 내며, 시뻘겋게 타오르는 의지의 불꽃이다. 불꽃이 솟구치면 활기도, 정열도, 희망도 솟아오른다. 불꽃이 스러지면 활기도, 정열도, 희망도 내려앉는다. 나를 사랑하는 사람은 스스로 죽지 않는다. 나를 미워하는 자만이 삶의 불꽃을 스스로 끄는 것이다.

사랑은 정신의 양식이다. 육체의 양식은 먹거리이다. 흔히 사람들은 먹거리, 볼거리, 즐길 거리를 추구하며 산다. 정신의 양식은 사랑이다. 사랑이라는 먹거리를 충분히 제공하지 않으면 정신은 마른 땅처럼 갈라지고, 가뭄 들은 평야처럼 황폐해지고, 풀 없는 사막처럼 삭막해진다. 사랑이 깃든 정신은 단비 젖은 대지요, 엄마의 품안이며, 넘치는 샘물이며, 화롯불이다.

사랑은 빛과 그림자의 두 얼굴이다. 사랑은 기쁨, 평화, 감격, 감사, 존경 같은 고급 감정을 가지게 한다. 사랑은 분노, 질투, 시기, 절망, 증오, 공포 같은 저급 감정도 가지게 한다. 석가와 예수의 인간사랑은 인류애의 표본이 되었다. 간디의 나라사랑은 독립을 앞당겼다. 테레사 수녀의 병자사랑은 인간승리의 상징이다. 히틀러의 전쟁사랑은 불행을 자초하였다. 진시황의 장수사랑은 오히려 수명을 단축(50세 사망)시켰다. 현대판 신데렐라 다이애나의 이성사랑은 자신의 인생을 망가뜨렸다. 사랑은 빛이나 그림자도 되고, 영약과 독약도 되며, 천사도 되고 악마가 되기도 한다.

　사람들은 사랑을 창조하여야 한다. 사랑은 무관심을 관심으로, 절망을 희망으로, 냉기를 온기로, 대립을 화평으로, 반목을 융화로 바꾸는 마력이 있다. 눈물이 아니면 땀으로, 땀이 아니면 피로써 사랑을 탄생시켜야 한다. 끝없이 베풀고, 끝없이 헌신하고, 끝없이 봉사하면 사랑은 감동과 감격의 여신으로 너울너울 날아온다.

　오직 하나뿐인 생명, 오직 한 번뿐인 생애이다. 사랑이라는 이름으로 삶을 일구고 인생을 가꾸어야 한다.

망각 예찬

몇 년 전 초봄이었다. 고의적이라고 생각되는 자동차 접촉사고를 당하고 가해자로 몰려 터무니없이 정신적, 물질적 피해를 입었던 때가 있었다. 인근 아파트 단지에 차를 주차하고 볼일을 보고는 주차장에 돌아와서 차를 후진하였다.

이상한 느낌이 들어 뒤를 돌아보았더니 난데없이 차 한 대가 엇비슷하게 닿아 있는 것이 아닌가? 분명히 후진할 때 뒤에는 차가 없었었다. 내 차 범퍼에는 상대방 차색이 스치듯 묻어 있었고 상대방 차는 운전석 앞 범퍼 코너에 한 뼘 정도의 흠이 나 있었다.

도색료만 주면 합의될 일이었지만 2,30대로 보이는 두 젊은 여자는 기다렸다는 듯이 자기쪽 보험회사에 득달같이 신고를 하고 보험회사 차가 휑하니 날아왔다.

며칠 후 전화가 왔다. 주차장에서 추위에 떨어 감기가 들었다고 하면서 한의원에 가서 진료를 받아 보아야겠다고 하기에, 기가 막혀 동의하지 않았더니 재판을 하겠다는 경고장까지 날아들었다. 화가 난 나는 접촉사고를 일부러 낸 것 같고 가당찮은 대인사고로 몰아가므로 재판에 응하여 사고의 고의성과 부당성을 법적으로 증명하겠다고 내 쪽 보험회사 측에 뜻을 비쳤다. 그러나 가해자가 이긴 전례는 없다며 오히려 참는 것이 유리하다는 충고만 돌아왔다.

그 후 피해자는 한의원에서 진료는 물론이고 보약까지 처방받고 대인보상액까지 타내었다. 그것도 두 사람이 탔다고 두 사람 몫을 말이다. 그 뒤 우연히 텔레비전 뉴스에서 고의로 접촉사고를 내고 돈을 뜯어내는 전문 보험사기단이 있다는 내용을 접하고 사고 당시 억울했던 점과 잘못된 사회 관행을 바로잡아 보지 못하고 승복해 버린 자신의 무력감에도 화를 억누르지 못하였다.

이러구러 시간이 흘렀다. 어느 날 운전 중에 나는 깜짝 놀랐다.

"나쁜 년……."

나도 모르게 신음하다시피 내 입에서 욕이 흘러 나왔다.

잊고 싶었고, 잊으려고 노력했었고, 잊었다고 생각했는데 그게 아니었던 모양이다. 그 후 나는 마음 속에 각인되었던 분노가 심성을 거칠게 만들 뿐이고 심신 수양을 저해하고 있다는 점을 중시하게 되었다.

중국에는 옛 고사에서 비롯된 와신상담(臥薪嘗膽)이라는 사자성어(四字成語)가 있다. 춘추 전국시대, 오나라 왕 부차는 자신의 아버지가 월나라와의 전쟁에서 패하고 죽으면서 원수를 갚아달라는 유언에 따라 일부러 가시가 있는 섶 위에서 자면서 그 고통으로 유언을 되새겼다.

그 후 있은 전쟁에서 월나라 구천을 항복시키고 그 아내를 첩으로까지 삼았다.

월나라 왕 구천은 오나라에서 3년 동안 온갖 고역과 모욕을 견디고 겨우 목숨을 건져 자기 나라로 돌아와서 날마다 문 앞에 매달아 놓은 쓰디쓴 곰쓸개를 씹으며 모욕을 되새겼다.

그 후 잎은 전쟁에서 승리하여 부차를 자결하도록 만들어 기어이 복수하고야 만다.

일찍이 독일의 학자 에빙하우스(Ebbinhaus)는 망각곡선이라는 학습 이론을 내놓았다. 시간의 경과에 따라 기억이 망각되는 것을 곡선화한 것이다. 무언가를 학습한 후에는 10분 후부터 망각이 시작되고, 1시간 뒤에는 50%, 하루 뒤에는 70%, 한 달 뒤에는 80%를 잊어버리게 되며, 그 후에는 약 20%만이 기억으로 남는다는 것이다. 그러므로 망각을 방지하려면 반복학습으로 기억을 유지시켜야 한다는 것이다.

그러고 보면 그 옛날의 부차와 구천은 시공을 초월하여 현대의 서양 학자의 이론을 철저하게 활용한 셈이 된다. 그들은 애써 기억을 하려고, 아니 망각을 하지 않으려고 망각방지제로 가시섶과 곰쓸개를 사용하였다. 부차와 구천의 복수 의지는 당연한 것이었다. 그리고 달성한 그들의 목적도 넉넉히 이해가 가는 것이다.

이와는 달리 나의 경우는 어떠한가? 자신을 위하고 자신을 다스리기 위해서도 울분과 분노를 일으키는 기억을 물리치고 애써 망각을 오히려 초대할 수밖에 없었다. 사실 나 같은 범부의 일상생활에서 매일매일 쟁투 의지를 다지기 위하여 기억의 칼날을 갈아야 하는 일이 생겨서야 되겠는가? 또한 좋지도 바람직하지도 않은 기억들을 매일 새록새록 떠올리고 곱씹으면서 마음을 흙탕물로 만들고 있는 삶의 자세도 바람직한 것은 아닐 것이다.

망각은 용서와 화해의 몸짓이다. 나에게 흙탕물을 튀겼거나 생채기나 흠집을 내었던 사람들이나 사건, 사고의 기억을 비워 내고, 나 자신에게도 충실하지 못했거나 자기답지 못했던 행실들의 기억을 너그러이 비워 내는 것이다. 세상살이의 분쟁이나 다툼의 기억까지도 너그러이 비워 내는 것이다. 그래서 망각은 기도의 몸짓이 된다. 더 나은 삶을 창조하기 위해서 추스르는 자기 연찬의 기도가 된다.

흔히들 말한다.

"사람은 추억으로 산다."

머리칼이 점점 허예져 가는 요즈음, 망각의 늪은 점점 넓어진다. 기억의 창문은 점점 닫혀만 가고 있다. 그런데도 한 때 무지개처럼 찬란했던 꿈과 이상, 핑크빛 사랑의 순간들, 땀과 피로 얼룩진 힘겨운 몸짓, 그리하여 씨줄과 날줄로 엮어진 희로애락의 사연들은 기억의 창고에서 숨 쉬고 있다. 그것들은 이제 노을 지는 인생의 황혼기에서 가끔이면 회고와 아쉬워하는 마음으로 강물처럼 펼쳐져 흘러가고 있는 것이다.

그렇다고 다 추억하고 싶은 것만이 있는 것은 아니지 않은가. 아름답지 않았던, 유쾌하지 않았던, 행복하지 않았던 삶의 사연이 있게 마련이다. 이렇게 추억하고 싶지 않은 불청객들이 기억의 창고에서 똬리를 단단히 틀고 앉아 있다가 가끔 불쑥 뇌리에 떠오를 때면 다시금 낭패감과 자괴지심에 불쾌해진다.

오! 아름답게 채색된 삶의 사연만을 컴퓨터의 저장 기능처럼 영원히 저장하여 그것을 추억하며 산다면 삶이 얼마나 황홀하고 즐거울 것일까? 아! 꺼림칙하고 칙칙하고 어두웠던 사연들을 컴퓨터의 삭제 기능처럼 미련 없이 지우고 잊어 버릴 수만 있다면 무척이나 가뿐하고 환한 마음으로 살아갈 수가 있을 터인데……

몇 달 전에 시댁 친척 되시는 분이 돌아가셨다. 납골당에서 뼛가루를 담은 유골함이 석함에 안치되는 것을 바라보던 유족 한 분이 혼잣말로 탄식하였다.

"겨우 저 속에 들어갈 걸 그동안 아등바등 그러고 살았나."

한 순간 마음을 크게 내면 사랑도, 미움도, 슬픔도, 노여움도 다 거두어질 것을, 숨을 쉬고 있을 때에는 죽기 아니면 살기로 기를 쓰며 흑백을 따지고, 2원론적 사고로 침까지 튀겨가며 갑론을박하던 시절이, 숨을 탁 놓게 되면 다 별 것이 아니었다는 것을 모르는 것이 인생이 아니던가? 삶은 화산이다. 불덩어리 같은 정열로, 활화산처럼 타올랐던 푸른 날의 활동, 그런 역동적인 시절이 다 가고, 서서히 가라앉는 검은 휴화산이 멀지 않아 시허연 사화산으로 남는 것이다.

라 브류이에르는 말했다.

"인생은 느끼는 자에게는 비극이며 생각하는 자에게는 희극이다."

생각과 느낌에 따라 인생이 달리 정의된다는 뜻이리라. 그렇다면 인생을 희극으로 느끼기 위해서 망각은 필요할 것 같다. 또한 인생을 비극으로 느끼지 않기 위해서도 망각의 존재는 필요한 것이라고 할 수 있지 않을까?

우정 예찬

20 09년 8월 22일, 꿈에도 그리던 고향의 산하, 지품면 속곡 '추억 의 산장'에서 드디어 죽마고우들이 모여들었습니다.

누군가가 말을 하였습니다. '인생은 외로운 나그네길'이라고 말입니다. 그렇습니다. 삶의 동반자였던 남편이나 아내도, 나와 같이 무덤에 가 주는 것은 아닙니다. 비록 혼자 가는 나그네길이지만 이왕이면 살아 있을 때, 우리는 조금은 덜 외롭고, 조금은 덜 춥고, 조금은 더 보람있게 살 권리나 이유가 마땅히 존재합니다.

그러기 위해서는 '살 맛'을 스스로 찾아내어야 합니다. 나는 어떤 살 맛을 느끼며 현재를 살고 있는가 하고 스스로 물어 봅시다. 주야로 일하는 맛? 해외 여행하는 맛? 식충이처럼 먹는 맛? 두더지처럼 자는 맛? 알콩달콩 사랑을 나누는 맛? 두터운 정을 주고받는 맛? 악착같이 돈을 버는 맛? 내 돈 놓고 남의 돈 따는 맛…….

우리는 여태껏 타향의 하늘 아래에서, 회색빛 건물에 몸을 누이며, 딱딱한 아스팔트 도로를 걸어다니며, 가슴을 열지 않는 이웃들과 겉치

레 인사를 건네며 살고 있었습니다. 그러나 오늘, 우리들은 그 많고 많은 맛 중에 '정을 주고 받는 맛'을 믠끽하기 위하여 이 자리에 모였다고 할 수 있습니다. 그 이름하여 바로 고향 친구간의 '우정'입니다.

우리들을 묶는 끈은 오직 '우정'뿐입니다. 우정의 등불 앞에는 사회적 신분도, 계급적 직위도 맥을 추지 못합니다. 우정의 등불 뒤에는, 동문수학한 모교가 지키고 있으며, 고향이 있으며, 고향 산천이 버티고 있습니다.

우정에도 권리와 의무가 따릅니다. 친구에게서 정을 받을 권리가 있는가 하면, 친구에게 정을 주기도 해야 하는 의무 또한 있습니다. 우정의 '우(友)'라는 한자어는 왼손과 오른손을 맞잡는 뜻으로 결국 '우정(友情)'이란 손을 맞잡을 만한 그런 친구간의 도타운 정을 말합니다. 미국의 링컨 대통령의 게티즈버그의 유명한 연설문의 문장처럼, 우리는 '우정의, 우정에 의한, 우정을 위한 말과 행동' 외에 그 무엇으로 우리의 순결한 우정을 파괴해서나 교란시켜서는 안 될 것입니다.

중국의 유명한 철학자, 사상가, 수필가인 임어당(林語堂)은 '행복'의 정의를 다음과 같이 말하였습니다.

"행복이란 무엇인가? 살고 있다. 그것만으로 충분하다."

이 말을 홀랑 뒤집어 보면 다음과 같은 뜻이 됩니다.

"불행이란 무엇인가? 죽어 있다."

죽어 있는 것이 불행이라면 지금 숨 쉬며 살고 있음이 곧 행복이라는 귀결은 당연히 성립되는 것입니다. 실존을 느끼며 사는 것, 오늘, 우리처럼 지금, 여기에 이렇게 숨 쉬면서 우정을 나누고 있는 것이 바로 행복입니다. 이처럼 삶의 진리는 소박하고 순박한 데에 깃들여 있습니다.

우리들 나이가 몇입니까? 자기의 나이는 알면서 왜 행복의 나이는 모르십니까? 행복의 나이는 제로(○)입니다. 제로상태, 제로는 아무 것도 가지지 않은 상태이면서도 무한히 가질 수도 있는 상태입니다. 올 때는 발가벗고 빈 주먹으로 태어나서는 왜 갈 때는 이고지고 가려고 합니까? 정주영 갑부는 돈을 지고 가지 못했습니다. 노무현 권력자는 명예를 지고 가지 못했습니다. 김대중 출세자는 노벨 평화상을 이고 가지 못했습니다. 행복은 욕심을 버리는 데에서, 분수와 만족을 아는 데에서 출발하며, 살아서 숨 쉬고 있음을 느끼고 즐길 때 비로소 얻어지는 것입니다.

오늘, 이렇게 옛 친구들을 만나 우정과 사랑의 모닥불을 피우며, 나의 미소와 너의 눈빛으로 서로의 우정과 사랑을 읽어내는 것, 이렇게 밤하늘과, 바람과, 별과, 나와 너가 하나가 되고, 나와 너가 같이 숨 쉬며, 나와 너가 지금 같이 있는 것이 바로 행복입니다.

별은 빛나고, 밤은 깊어가고, 우리의 우정도 깊어갑니다.

부어라! 마셔라! 이 밤이 가기 전에, 저 먼동이 트기 전에, 순정의 하얀 기름을 쏟아 부어, 우정의 붉은 불길이 밤새도록 타오르게 노래합시다.

(낭독)

일상(日常)의 뜨락

결혼생활 36년째.
검은 머리가 파 뿌리 되어간다.
파 뿌리가 땅 속에 묻힐 날이 다가오고 있다.
그대, 어디서 무엇이 되어 다시 만나랴.

부부

오늘도 우리 부부는 아파트 뒷산을 오른다. 산을 타거나 공원을 걷는 우리의 운동법이다. 오가는 등산객이 뜨음해지고 평지가 나타나면 그이는 자신의 18번곡을 뽑아낸다. 이태리 민요 '오 솔레미오', '돌아오라 쏘렌토로', 한국가곡 '선구자', '그리운 금강산', 대중가요 조영남의 '제비' …. 수목은 깜짝 놀라 손사래를 치고 어느덧 반대편에서 걸어오던 등산객이 노래를 엿듣고 만다.

"짝짝짝" 터지는 박수.

나는 속으로 말한다.

'목청 하나는 좋다. 옥은 옥이로되 갈고 닦지 않은 옥이로다.'

앞서가는 남편에게 소리친다.

"이봐요! 당신은 전공을 잘못 선택했어. 성악가가 되어야 하는 건데."

남편 한성규(韓性奎). 올해 68세. 본관은 청주(淸州). 난공(시조 위양공) 33대손이다. 시아버님 한관섭(韓觀燮) 씨는 1947년 재단법인 한국대학(우리

나라 최초의 야간대학. 지금의 서경대학교 전신) 설립자이며 초대학장이셨다. 해방 전후 상해 임시정부 요인들과 교류했으며, 불교계 효봉, 탄허, 구산, 월산 스님 같은 고승대덕과, 유진오, 안호상, 김법린, 황산덕, 홍진기, 박종홍 같은 석학들과 친분이 두터웠다. 백범 김구 선생님의 영향으로 양복 차림을 한복으로 바꾸셨고, 시어머니께서는 김구 선생님의 한복을 지어 올리셨다.

남편은 동국대학교 물리학과와 동국대학교 교육대학원을 졸업하였다. 군 복무 후 명성여자중학교(지금의 동대사대부속여중)에 첫 발령을 받았으며 후에 장안동 소재 동국대학교 사범대학 부속고등학교장으로 퇴임했다. 성격은 원만하나 다소 다혈적인 기질이며, 뽀얀 피부에 동그란 눈과 둥근 얼굴, 키는 작달막하나 체구는 당당하다.

남편과의 인연은 이러하다. 나 또한 동국대학교 국어국문학과와 교육대학원을 졸업하였다. 대학 시절에 총학생회 차석부회장 겸 여학생회장이었던 공로로 1972년에 연지동 소재 동국대학교 부속중학교(지금의 동대사대부속중학교)에 발령받았다. 그로부터 5년이 지나고 명성여중에 있던 한성규라는 남자 총각선생이 이 학교로 전근해 온 것이다. 애초에는 전혀 관심을 두지 않았다. 남편감은 다른 직업을 가진 자로 하겠다고 작심하고 있어서이다.

그런데 부처님 인연인가. 어느 날 교법사님과 함께 종로 대각사 법회에 참석했다. 앞자리에는 새로 전근해 온 한성규 선생이 떠억하니 앉아 있는 것이 보였다. 알고 보니 나보다 오래 전에 이 법회에 나오고 있었던 신심이 돈독한 불자였다. 교사 외의 다른 모습을 본 이후 법회가 끝나면 여럿이 차 한 잔을 하면서 조금씩 그의 존재를 의식하였다.

한 선생도 마찬가지로 애초 나에게 관심도 없었다고 한다. 여자는 분명 여잔데 무슨 여자가 투박한 경상도 발음에다가 생김새도 남자 같았다고 한다. 어느 날, 아침 조례를 하려고 복도를 지나가다가 내가 담임을 맡고 있는 교실에서 남학생들이 내지르는 우렁찬 소리를 들었다고 한다. "급훈!" 하는 반장의 선창에 이어 전체 학생이 "급훈!" 하며 복창하고, 이어서 반장의 "참되게! 선하게! 아름답게!"라는 선창에 이어 "참되게! 선하게! 아름답게!"라는 학생들의 복창 소리, 그리곤 "차렷! 경례!" 하는 반장의 소리. 그 때 그가 놀란 것은 자신도 조례 때면 학급의 급훈을 학생들에게 선창, 복창시키고 있어서이다.

한 선생 반의 급훈은 이러하였다. "적극! 긍정!". 나름대로의 교육철학을 지니고 액자 속 급훈을 생활화하는 개성적 학급경영방식의 우연한 일치에 그는 나를 새롭게 보았다고 한다. 종교가 같고 보수적인 가치관, 투철하며 곧은 사상, 고지식한 사고방식 등 여러 동질감에 1년 후에 결혼을 하였다.

살다 보면 다 좋을 수는 없었다. 성격이 썩 달랐다. 남편은 착하고 겸손했으나, 화를 낼 때는 불 같았다. 타고난 그 큰 목소리로 길길이 노염을 토하면 나는 견디지 못해 기름을 퍼붓게 되고 결국은 둘 다 시커멓게 가슴이 타 버렸다. 오죽하면 송광사 구산(九山) 큰스님께서 남편을 앞에 두고 즉석으로 써 주신 휘호에 참을 인 '忍' 자가 들어갔을까!

내 성깔도 어디 보통인가. 완벽을 지향하고 까다로웠다. 상담 연수 때 나의 성격이 남달리 항상 '왜?'자로 사물을 대하는 유형에 속한다는 것을 알았다. 부처님은 어려서 궁 밖으로 나가셔서 삶의 고통을 두루 보셨다. 그 사문유관(四門遊觀) 때 '왜 사람들은 태어나고, 왜 늙고, 왜 병들고, 왜 죽는가?(生老病死)'라는 의문에 봉착하고 출가를 결심, 정진수도 끝에 득도하신 분이다. 그러나 나 같은 평범한 생활인에게는 그 '왜?'라는 까칠한 사고가 자신에게나 타인에게도 심적 부담을 주었을 것으로 생각한다.

누구에게나 잘난 점은 있는 법, 남편 자랑은 온 바보이지만 온 바보가 기꺼이 되어 본다. 우리 부부는 30년 가깝게 어머님을 모시고 살아왔다. 그이는 어머니에 대해서 절대 복종이었다. 살다 보면 부모님의 말씀을 거역하거나 노엽게 하거나 신경질이나 짜증이 날 때도 있다.

그런데도 그이는 어머님의 어떤 경우, 어떤 말씀에도 온화한 얼굴로 무조건 "예, 어머니"로 모셨다. 유교 경전《효경》의 가르침을 딱히 실천하려는 것이 아니라 내가 볼 때는 타고난 성품 같았다. 친척들은 '효자 아들'이라는 평을 서슴지 않았다.

이제 머리에 서리가 내리고 기억이 희미해져 가는 노년에서 서로의 성질은 껌처럼 부드러워지고 늘어난 고무줄처럼 느슨해졌다. 부부란 이 세상에서 가장 많이 만나는 사람이며 가장 많이 사랑하고 가장 많이 미워하는 사람들이다. 부부싸움은 칼로 물베기란다. 얼마나 오래오래 쌓이고 쌓인 애증의 승화인가.

부부, 69억 모래 중에서 딱 만난 2개의 모래. 이 인연으로 두 사람은 땅 속에 묻힐 때까지 한 지붕에서, 한 이불로, 한 마음으로 살고 있다. 검은 머리 파 뿌리 되도록 너와 나는 동심결(同心結)로 일심동체로 살아간다. 묶어 놓은 매듭에 구속을 느낄 때가 하 많지 않았던가? 묶어 놓은 매듭을 풀고 싶었을 때가 있지 않았던가? 그럼에도 불구하고 그 파 뿌리 같은 머리가 땅 속에 묻힐 때까지 그 인연을 이어가는 일편단심 일부종사자가 대한민국에 천지이니 귀신이 놀라고 하늘이 놀랄 일이다.

청춘남녀에게 사랑의 이미지는 열정, 환희이다. 결혼과 더불어 같이 사는 부부에게 사랑의 이미지는 인욕, 헌신, 용서, 신뢰이다. 사랑의 이름으로 인생의 수레바퀴를 긴 세월에 걸쳐 돌리고 또 돌린다. 머리에 서리가 내리고 이마에 골이 깊어지고 치아가 망가지고 허리가 굽어지는 노년에 가서야 서로가 귀한 존재임을 알아차린다. 네가 죽고 내가 살면 홀어미요, 내가 죽고서 네가 살면 홀아비가 되는 사이임을 늦게야 깨닫는다. 이렇게 철들자 죽음의 이별은 서서히 다가온다.

눈물겨운 시어로 부부애를 북돋아주는 서정주 님의 〈푸르른 날은〉이란 시를 좋아한다.

"눈이 부시게 푸르른 날은/ 그리운 사람을 그리워하자./ 저기 저기 저 가을 꽃자리/ 초록이 지쳐 단풍드는데/ 눈이 내리면 어이하리야/ 봄이 또 오면 어이하리야/ 네가 죽고서 내가 산다면?/ 내가 죽고서 네가 산다면?/ 눈이 부시게 푸르른 날은/ 그리운 사람을 그리워하자."

이처럼 너와 나의 엇갈린 생사를 물음표 '?'로 상상해 보이면서 살아 있을 때 한껏 사랑하라는 가르침에 가슴이 절절해진다.

결혼생활 37년째. 검은 머리가 파 뿌리 되어간다. 파 뿌리가 땅 속에 묻힐 날이 다가오고 있다.

그대, 어디서 무엇이 되어 다시 만나랴.

석재 조연현 선생을 추모하며

옛 스승의 모습이 떠오른다. '한국현대문학사' 강의 시간. 분필을 들어 칠판 오른쪽 위에서 대문짝만하게 한글 흘림 필체로 강의 제목을 내리쓰신다. 그리고는 눈을 스르르 감은 채 입을 여신다. 작가나 작품에 대한 비평을 하실 적에는 얼마나 논리적인지 삼단논법이 무색할 지경이고 표현이 명명백백하여 참으로 명쾌하였다.

실로 명강 중의 명강이었다. 한국 비평문학의 거두, 석재 조연현 선생님이 가신 지 어언 30년이 되었다. 스승의 고향 함안 땅에서 함안문인협회가 지난 11월 26일 함안문화예술회관 다목적홀에서 문학심포지엄「내 고장 출신, 석재 조연현을 말한다」를 개최하였다.

"석재 조연현은 그 자체가 한국문학사이며 문단사"이다. 이를 증명하는 사례를 열거한 주제발표(조병무 : 시인, 평론가. 동대 출신. 전 동덕여자대학교 교수), "조연현 비평문학의 성과는, 계급주의 문학 비판, 민족주의 문학론 수립, 비평의 문학화, 현대문학문장의 수사적 검토, 한국현대문학을 역사적으로 체계화한 점"(발표자─홍기삼 : 평론가. 전 동국대학교

총장)이라는 주제가 발표되었다.

인물 평가란 시대나 시류에 편승하여 절상, 절하, 과대, 과소평가가 되어서는 안 된다. 유리창에 낀 성에. 석재 조연현 선생의 절하되고 과소되고 왜곡된 평가는 유리창의 성에에 해당될 뿐이다. 성에와 관계없이 유리창은 투명하고 맑은 본래의 모습을 지닌다.

다음날인 27일 10시. 석재 선생의 배움터였던 함안초등학교를 방문하고 인근에 있는 생가를 찾아갔다. 대문을 들어서자, 마치 스승이 우리를 마중 나오는 듯한 착각에 빠졌다. 낮은 담장, 광이 딸린 기와지붕, 마당과 화초. 집 뒤를 한 바퀴 돌아 나오면서 바알간 홍시를 주워 들고 '스승도 옛날에 이 감을 잡쉈겠지' 하는 생각이 들었다. 아쉬운 점은 스승께서 잠들어 계신 데를 찾아가 큰절을 올리지 못한 것이며, 죄송한 점은 문학관을 지어드리지 못한 것이다.

당나라 시인 왕유의 시 〈송별(送別)〉이 떠오른다.

'봄풀은 해마다 푸르건만 한 번 간 임은 돌아오지 않네(春草年年綠王孫歸不歸).'

그러고 보니 제행(諸行)이 무상(無常)하다. 잠깐, 오늘 석재 선생의 고향 땅에서, 유가족, 함안 조씨 종친, 그 분의 제자, 친구, 지인, 그 분을 존경하고 사랑했던 사람들 약 200명이 모여서 그 분의 업적을 기리고, 문학사적, 문단사적인 위치를 재조명하고, 공로를 치하하며 그 분을 흠모하고 추모한 것은 무상한 것이 아니지 않은가!

차창 밖에서 깡마르고 자그마한 체구의 옛 스승이 잘 가라고 손을 흔들어 주신다. 그리고 한 말씀을 단호하게 던지신다.

"동국인의 혼으로, 동국문학을 발전시키며, 한국문학을 빛나게 하라."

(국문과 68학번)

인생 신발

사람들에게는 신발에 얽힌 에피소드가 더러 있게 마련이다. 신발이 맞지 않아 고생하였다든지, 길거리에서 굽이나 밑창이 떨어져 나갔거나, 휘어졌거나, 아니면 신발을 잃어버렸다든지 하는 것이다.

나 역시 '신발!' 하고 발음하면 지금도 몸이 움츠러드는 추억이 있다. 시누이의 아들 결혼식에 참석하려고 수일 동안 미국에 머물렀던 때가 있었다. 관련 행사가 끝나고 어느 날 시내 관광차 한여름철, 한낮, 뉴욕 번화가 맨해튼 거리에 나갔었다. 한국에서 신발을 새로 사서 미리 길을 들였건만 여기저기 걷는 시간이 많다 보니 온 체중이 열 발가락 끝으로 쏠리면서 발이 아파 오기 시작했다. 얼굴마저 흉하게 일그러지는 것을 느끼면서 겨우 걸어가는데 앞만 보고 걸어가는 남편과 동서 내외, 시누이 딸에게서 뒤처져 혼자가 되어 버리자, 멈춰 서서 울화통을 터트렸다.

처녀애인 시누이 딸은 부랴부랴 길거리 간이 수퍼를 찾아가더니 척

하니 신발을 벗어 들고 맨발로 걸으면서 내가 신을 만한 신발을 찾으려 돌아다니는 것이었다. 자신이 벗었으니 외숙모가 벗는다 해도 혼자가 아니어서 덜 창피하지 않겠느냐 하는 대담한 배려였지만 나는 따라 할 수 없었다. 뱃속에서부터 미국 시민이었던 그녀와 달리 이 몸으로, 말하자면 동방예의지국에서 성장한 국민이고 남의 이목과 체면을 중시하는 선비이고 양반인 터, 대낮에, 그것도 길바닥에서 맨발이 된다! 그런 파격적인 행위는 상상할 수도 없었다.

결국은 슬리퍼 같은 신발을 5천원 주고 꿰어 신었지만 고통은 여전히 가시지 않았었다. 이렇게 고통에 겨워 신발을 벗어버리게 되자 나는 신발의 기능과 역할이 너무나 크다는 것과 그 고통은 인간의 육신뿐만이 아니라 정신 영역에도 영향을 주는 것이라고 생각하게 되었다.

'신발'이라고 하면 누구나 아주 오랜 옛날 유럽 민담에 나오는 신데렐라의 유리 구두를 떠올릴 것이다. 분실한 유리 구두를 계기로 왕자의 여인이 될 수 있었던 그 사랑 이야기는 언제나 들어도 환상적이다. 현대판 필리핀의 신데렐라 이멜다 마르코스는 신발의 여왕이다. 1980년대 민중봉기로 남편과 함께 하와이로 망명한 직후, 그녀의 빈 집에서 발견된 구두는 자그마치 3천 켤레였다. 유리 구두의 영광을 영원히 누리고 싶었겠지만 마지못해 그 구두를 벗어 놓아야 했던 그녀의 심정은 어떠하였을까?

현대판 영국의 신데렐라였던 다이애나 황태자비는 자신의 의지로 신었던 유리 구두는 아니었다. 그래서인지 그 맞지 않는 유리 구두로 불안하고 불편한 삶을 살았다. 늦게야 신발을 바꾸어 신었지만 안타깝게도 신발은 그녀와 함께 사라져 갔었다.

이러고 보면 인생은 한 켤레의 신발과 같다. 내가 신고 있는 신발이 내 발에 잘 맞아야 오래오래 편하게 걸어갈 수가 있을 것이다. 이처럼 나의 삶이 나에게 잘 맞아야 길고긴 인생길을 보람되게 걸어갈 수 있는 것이 아닐까?

사람들은 자신에게 잘 맞는 신발을 선택하기 위해서 여러 켤레의 신발을 앞에 두고서 신어 보기도 하고, 들어 보기도 하고, 놓아 보기도 하며 요모조모 유심히 살펴 보기를 잘 한다. 그런 끝에 드디어 골라잡은 한 켤레의 신발, 나의 신발이다.

그런데 보행을 위한 신발 고르기는 그렇게 신경 쓰면서 인생 신발에 대해서는 성찰해 볼 생각을 하지 못한다. 신발과 인생이 무어 다를까? 잘 맞지 않는 신발로 고생하는 발이나, 자신에게 잘 맞지 않는 삶으로 고통 받는 인생이나 다를 바가 없지 않은가?

신발을 아무렇게나 고르는 사람은 없을 것이다. 기준을 세워 둘 것이다. 신발의 크기, 신발의 모양, 신발의 맵시, 신발의 소재, 신발의 굽 높이, 신발의 색상…… 인생 신발도 신발 기준과 다르지 않을 것이다. 슬슬 따라가 볼까. 신발이 작으면 꽉 죄고, 신발이 크면 벗겨져서 걸어가기가 힘들어진다.

그처럼 내가 신은 인생 신발이 불편하지 않나, 불안정하지 않나 비교해 보는 것이 지혜로운 삶의 자세일 것이다. 신발의 모양이 흉하거나 보기 싫으면 곤란하다.

그처럼 내 삶의 모습도 뒤뚱거리거나 비틀거리지 말아야겠다. 신발 맵시도 이왕이면 빼어나면 좋다. 겉만 아름다운 삶이 아니라 속까지 아름답게 살고 있는가를 살펴보아야 한다. 디자인이 세련되면 보기 좋듯이 나의 삶이 멋지다고 남에게서 찬사를 받더라도 남의 이목이나, 체면 때문에 위장하며 사는 삶이 아닌가 돌아봐야겠다. 소재가 질기고 내구성이 강한 신발이면 오래오래 신을 수 있다.

그처럼 내가 세운 인생관이 튼실하고 나의 사상과 감정이 군건하다면, 내 삶 또한 흔들리지 않을 것이리라. 굽이 높으면 오래 걷지 못하듯이, 안빈과 지족으로 사는 삶에는 불행이 다가서지 못한다. 튀지 않는 색상의 구두가 무난하듯이 무난한 삶 속에는 은근한 멋과 겸손한 미덕이 배어 있을 것이다.

삶, 이 세상에는 69억이나 되는 여러 모양, 여러 가지 빛깔의 삶이 존재하고 있다. 나는 오직 하나이고 삶은 오직 한 번이다. 바닷가 모래알이기도 하고 하늘의 우주이기도 한 나와 나의 삶. 오래도록 불편하지 않고, 죽을 때까지도 후회하지도 않는 인생 신발을 신어야겠기에 '나는 무엇이고, 나는 누구인가?'를 늘 성찰하여 나다운 인생 지침서를 만들고 나다운 인생길을 걸어야겠다.

인생 건축

샌 드위치라는 서양 요리가 있다. 18세기 영국에서의 일이다. 켄트 주에 사는 샌드위치 백작의 4대손 몬타규는 식사를 거르면서까지 트럼프 놀이를 즐겼다.

어느 날, 빵 두 조각 사이에 고기 조각을 집어넣어 식사로 땜하면서 노름을 이어갔다. 이때부터 그렇게 된 음식을 그 백작 이름을 따서 샌드위치라고 부르게 되었다고 한다.

얼핏 생각해 보면 얼마나 노름에 미쳤으면 먹는 시간도 아끼게 되었을까 하며 웃어넘길 수 있다. 그런데 깊이깊이 생각해 보면 바쁘다는 것은 자신을 돌아볼 틈을 주지 않는다는 것이며, 그러한 자신의 행동이 곧 자신의 삶의 형태를 스스로 규정짓는 것이구나 하고 알게 되었다.

사람들은 생업으로, 학업으로, 연구로, 봉사와 자선사업으로, 혹은 국정 운영으로, 문화 창달로, 경제 건설로 바쁘게 살고 있다. 그러다가 약속을 지키지 못하였거나, 최선을 다하지 못하였거나, 도리를 다하지 못하였을 때에는 변명을 펼쳐 놓기에 이른다.

"바빠서…", "아파서…", "시간이 없어서…", "잊어 버려서…", "늙어서…."

아팠다는 말에는 동정심까지 무럭무럭 일어나고, 시간이 없었다는 말에는 성의가 없구나 하는 생각이 든다. 잊어버렸다는 변명을 들으면 책임감이 없구나 하고 판단하고, 늙어서라는 변명을 들으면 자신까지 비애에 젖어들기도 한다. 불만스러운 가운데 다 일리가 있는 변명이라고 너그러이 인정해 줄 수밖에 없다.

단지, 나는 여러 변명어 중에서도 유독 "바빠서…"라는 변명어에는 심사가 배배 뒤틀리려고 한다.

이 말 속에는 문자 그대로 바빠서, 라는 의미 외에도 유독 자기만이 바쁜 것이 더 강조가 되어 있어서이다. 이 세상에 바쁘지 않은 사람이 어디 있을까?

"바쁘지 않은 사람, 손들고 나와 보세요?"라고 하면 손들고 나올 사람이 하나도 없을 것이다.

사람들은 나름대로 다 바쁘게 살고 있다. 말을 아직 모르는 젖먹이에게 물어보자. 눈으로, 몸짓으로 말할 것이다.

"나 바빠요. 먹어야 하고 똥도 싸야 하고 많이 자야 해요. 그래야 얼른얼른 크죠."

학생들에게 물어보자. 볼멘소리로 말할 것이다.

"공부해야 되잖아요. 대학교 들어가야죠."

30대, 40대, 50대 청·장년들에게 물어보면 기가 다 죽은 소리를 낼 것이다.

"목구멍이 포도청이요. 돈 벌어야지요."

60대, 70대 노인들은 무어라고 하시겠는가? 힘없이 중얼거릴 것이다.

"건강 챙겨야지. 길흉사 챙겨야지. 모임에 나가야지."

"바쁘다"라는 말, 그 말 앞에 누가 감히 비난과 힐난과 원망과 추궁을 해댈 수 있을까? 그래서 이 말은 방패 역할도 잘 하고 방탄조끼 역할도 잘 해서 실로 자기 합리화를 이루는 위대한 방어 무기가 된다. 그래도 분명하다.

"변명하며 사는 삶은 결코 바람직한 삶이 아니다"라는 생각이 드는 것은 어찌할 수가 없다.

나 역시 생활인이다. 난들 왜 바쁘지 않으랴. 나는 희망한다. 나에게는 최소 4개의 몸뚱이가 필요하다고 하소연하고 싶다. 주부, 교사, 작가, 농사꾼으로서의 몸뚱이이다.

하루는 24시간, 이 안에 여러 역할을 완수해야 한다. 이 중 8시간은 공인으로서 직장 업무를 수행해야 한다. 이 시간에 직장에서 밥을 짓고, 글을 쓰고, 채소를 가꾼다면 쫓겨나기 십상이다. 나머지 시간에 3가지 역할을 동시에 수행하자니 스트레스가 이만저만이 아니다.

글 쓰는 시간은 가사 시간을 쪼갤 수밖에 없다. 새벽 1시에 일어나서 6시 출근 전까지 부엌에서 밥을 지어 가면서 한편으로는 거실에서 컴퓨터의 자판을 두들기는 것이다. 상념은 거실에서 피워 오르고 부엌으로 흘러들어가 다시 거실로 넘어온다. 이렇게 새벽밥을 지어가면서 고통 속에 펼쳐졌던 상념들을 구슬 꿰어 1주일 만에야 겨우 한 송이 글꽃을 피워내니 좀 바쁘지 않았겠는가!

농사꾼으로서의 생활은 주말 시간을 활용할 수밖에 없다. 24절기에 맞추어 제때 밭갈이를 해야 하지만 한 달에 두어 번 농가에 와서 1박 2일 동안을 벼락치기로 밭을 갈고 번개치기로 일을 끝내어야 했다. 창호지문이 훤해지면 텃밭에 들어서야 하고 마당이 어둑해지면 일손을 거두었었다.

어찌 신경 쓸 일이 이뿐이겠는가? 돌, 결혼, 회갑, 수상, 초상, 병문안 같은 여러 경조사에 몸뚱이가 있어야 하고 회의, 법회, 동창회, 세미나, 연수 등 여러 집회에 얼굴을 내밀어야 하고, 부모 노릇, 지인 노릇, 친구 노릇 등 사람 구실도 해야 한다.

어느 날, 문득 내가 무엇으로 이렇게 바빠하며 살아야 하는 걸까 하는 회의가 솟구쳤다. 샌드위치 일화가 말해 주듯 너무도 바빠서 자신을 돌아볼 기회를 가지지 못한 점과 주어진 의무와 역할에 바빠한 나머지 내 인생 건축에는 소홀함이 없었는지를 돌아보게 되었다.

그리고 제대로 된 인생 건축을 위하여 그 바쁘다는 놈을 잘 활용하였는지, 그리고 지금까지의 내 삶이 과연 충실하였는가를 진지하게 생각해 보게 되었다. 누구나 삶의 설계도를 그려 놓고 설계도에 따라 삶을 살고 있다.

인생이라는 것은 설사 설계도를 잘 그려 놓았다 해도, 미처 완성하지 못하고 생을 마감하게 되는 것이 아니던가? 건축 구조물이 공사기간에 쫓긴 나머지 부실 공사로 이어져 와르르 무너지는 광경을 보아 왔다. 너무나 많은 역할과 의무에 시달려서 바쁜 나머지 제대로 나의 인생을 튼실하게 쌓아 올리지 못하게 되면 내 삶은 와르르 인생이 될 것이다. 건축과 같은 인생, 그러기에 내 인생 건축이 잘 되어가나 내려다도 보고 올려다도 보고 돌아다보기도 하며 잘 살펴야겠다.

나는 "바빠서…"라는 소리를 내뱉지 않고 사는 삶을 살고 싶다. 그리기 위해서는 최선을 다해야 할 것이고, 열과 성의를 다 해야 한다. 시간의 노예가 되어 끌려 다니지 말고, 시간의 주인이 되어 시간을 이끌어가야 한다. 부지런히, 열심히 살아야 할 것이고, 의무와 역할에 충실해야 한다. 그런 삶을 영위할 수 있을까 하는 생각으로 마음이 어두워지고 어깨가 무거워져 온다.

주자학을 집대성한 중국 송대의 유학자 주희(朱熹)는 주자 십회(朱子十

悔)에서 후회를 막을 수 있는 열 가지 삶을 말하였다.

그 중 "춘불경종추후회(春不耕種秋後悔), 불치원장도후회(不治垣墻盜後悔)", 즉 "봄에 밭 갈고 씨 뿌리지 않으면 가을에 뉘우치고, 담장을 미리 고치지 않으면 도둑맞은 후에 뉘우친다"라는 말이 있다. 후회하지 않고 사는 삶에는 보람이 둥지를 틀 것이고, 평화와 평안이 깃들 것이며, 행복이 펼쳐질 것이다.

삶은 현재진행형이다. 변명하며 피동적으로 사는 바쁜 생활을 버려서, 가치와 보람을 일구는 바쁜 생활이 이어지도록 내 인생을 돌아보며 살아야겠다.

설레고 감사하는 하루

인생을 흔히 고해(苦海)에 비유한다. 왜 그런 말이 인구에 회자하는 지, 왜 일리(一理)가 있는 말이었는지를 삶의 체험으로 알게 되었 다. 인생 곡선을 그려본 적이 있었다.

종이 한가운데에 가로선을 긋고 위쪽에는 나이에 따라 삶의 과정에 서 겪었던 기쁨과 즐거웠던 사연을, 아래쪽에는 슬픔과 애달팠던 사연 을 쓰고, 그 위치를 점으로 찍어 표시해 둔다. 많은 점을 선으로 연결시 켜 쭉 그으면 가운데 가로선을 넘나들며 아래 위로 출렁거리는 긴 곡선 이 만들어진다.

삶의 굴곡이 곡선으로 표현된 것인데 하향 곡선이 상향 곡선보다 더 많았던 나의 인생 곡선! 행복했던 사연보다 불행했던 사연이 더 많았던 나의 삶을 여실히 보여준 것이다.

사람마다 천차만별의 인생 곡선이 그려졌을 것이지만, 인생을 낙토 (樂土)에 비유하는 말을 이때껏 들어보지 못했다는 점을 떠올리면서 자 신을 가까스로 위로할 수 있었다.

인생! 인생은 한 장의 도화지이며 한 조각의 천이며, 한 고랑의 밭이라고 생각한다. 열과 성의를 다해 나의 목소리를 나의 색깔로 채색을 해야 하며, 찢어지거나, 낡아가거나, 구겨지지 말아야 하며, 열매 맺는 보람을 위하여 땀을 흘려야 한다.

사람들은 장밋빛 인생을 원한다. 나는 그보다도 하늘빛을 닮아 푸르디푸르고, 눈빛을 닮아 희디흰 인생이고 싶다.

사람들은 탄탄대로의 삶, 평지인 삶을 원한다. 나는 그보다도 가시밭에서 멀어지기를 희망하고, 언덕길에서 미끄러지지 않기를, 지뢰밭에 다가서지 않기를 희망한다.

많은 사람들이 자신의 업보와 횡액으로 불행하게 살거나, 불행해지는 모습을 보고 있다. 그에 비해 나의 삶은 지극히 순탄하였다고 자위한다.

이순에 이르기까지 삶의 골목길에서 죽음이란 존재가 오토바이처럼 느닷없이 튀어나오지도 않았으며, 재앙이나 재난이 해일처럼 들이닥치지 않아서 그 존재의 두려움을 모르며 살아왔으니 그나마 다행으로 생각해야 하지 않겠는가!

그런데도 감사하며 살기는 고사하고, 세월이 흐르고 늙어가면서 왠지 모를 압박감과 허무감과 권태감이 의욕의 몸짓을 짓누르고 있다. 오늘도 새벽 5시부터 생활을 시작하고 늦은 밤에 몸을 뉘었다. 내일도 일하기도 하고 쉬기도 할 것이다. 먹고, 입고, 자거나 할 것이다. 기쁨, 성냄, 슬픔, 즐거움에 취할 것이다. 생각하며, 느끼며, 말하며, 행동하며 지낼 것이다.

그러고 보면 인간의 삶이란 것은 시간이라는 쳇바퀴를 돌며 반복 생활의 허덕임이 아니던가?

죽음이 삶을 야금야금 갉아 먹는 노년의 황혼기에서, 시간이 인생을 점점 스러지게 하는 말년의 추락기에서 삶의 비타민을 발굴해 내지 않으면 압박감과 허무감과 권태감에서 벗어날 수가 없을 것 같았다.

시간의 학대 받는 노예가 되지 않으려면 노상 술이나, 시나, 미덕으로 취해 있으라고 프랑스의 낭만주의 시인 샤를르 보들레르는 시 〈취하라〉에서 노래하였다. 이 나이에 술과 마약과 도박과 게임에 취해 살아서야 되겠는가?

국정 최고 책임자가 아니어서 정치에 취하지 않아도 되고, 대기업의 총수가 아니라서 사업에 취하지 않아도 된다. 그래도 문화나 예술, 봉사활동이나 취미활동 등 한 분야에 흠뻑 취해 볼 수도 있으련만, 꿈도 꾸어 볼 수가 없는 까닭은 나에게 주어진 인생길에서의 여러 역할에 허덕거려서이다.

무엇에 취하며 살아야 하는 걸까?

나는 설렘으로 하루를 시작하고 설렘으로 하루를 마무리하는 삶을 살기로 마음먹었다. 주부로서, 부모로서의 나의 역할이 남편과 자식에게 보탬이 되기를 기대하련다.

교육자로서, 나의 가르침이 학생들에게 살이 되고 뼈가 되기를 기대하고 싶다. 사회인으로서, 사람들을 만나면 인간적인 온기를 느끼고 싶고 사람 냄새를 맡을 수 있기를 기대하고 싶다. 문학인으로서, 영혼을 살찌워 좋은 작품을 남기기를 희망하련다. 교양인으로서, 독서를 하며 삶의 스승을 만나기를 희망한다.

신앙인으로서, 불심을 다지고 해탈의 경지를 꿈꾸며 살 것이다. 취미인으로서, 주말에나 가 보는 농가에서 내 식물 가족들이 잘 자라주기를 기도한다. 한 사람의 국민으로서, 국가 발전이 곧 개인 발전으로 이어지기를 간절히 소망한다.

나는 감사하는 마음으로 하루를 시작하고, 감사하는 마음으로 하루를 마무리하는 삶을 살기로 마음먹었다.

오늘도 숨을 마실 수 있고 숨을 내뿜을 수 있음에 감사하련다.

"내가 헛되이 보낸 오늘은 어제 죽은 이가 그토록 원하던 내일이었다"라는 고대 그리스 비극 시인 소포클레스의 말을 늘 떠올릴 것이다. 그러면 욕심과, 불만과, 괜한 짜증이 눈처럼 녹으리라.

고급스런 아파트가 아니어도 아침에는 앞 베란다에 서서, 동산에서 새빨갛게 광채를 발하며 떠오르는 태양을, 저녁에는 뒤 발코니에 서서 서산을 노랗게 물들이며 져가는 태양을 바라볼 수가 있음에 눈물겹도록 감사해 하리라.

그 아름다운 메시지가 내 영혼을 늘 황홀하게 하리라. 슬픔과 애달픔이 더 많았던 인생행로에도 불구하고, 불행이라는 이름의 큰 사건, 사고 없이 무사히, 무난히 살아올 수 있었던 것에 감사하련다.

사람으로 태어나서 비록 된 사람, 든 사람, 난 사람으로 성숙하지 못하였어도 온전한 몸과 건전한 정신으로 살고 있음을 감사하련다.

컵에 물이 반쯤 담겨 있다면 "반밖에 없네" 하기보다, "아직 반이나 남아 있네"라고 긍정적으로 생각하련다.

만약에 불행이 닥치면 "왜 나에게 이런 일이…" 하기보다, "이만하기 다행"이라며 마음을 추스리련다.

설렘은 삶의 오아시스이다. 인생에 있어 기다림과 기대는 사막의 오아시스이며, 그런 기다림과 기대가 없다면 사막을 걷는다는 것이 얼마나 절망적인 몸짓이 될 것인가?

감사는 삶의 배터리이다. 활기찬 생명력은 인생을 회춘하게 하고, 행복과 평화로운 삶을 펼치게 한다.

내가 듬뿍 취하려고 하는 설렘과 감사라는 생활 자세는 적극을 창조하고, 긍정을 낳고, 기대를 하게 하고, 기다림을 안겨 주고, 희망을 선사해 주는 행복 에너지가 되어 줄 것으로 믿는다.

　나는 오늘도 생활하고 있다. 삶의 불씨를 다시 지피고, 삶의 활력을 불어 넣고 싶다.

　나는 지극히 평범하고 소소한 일상사를, 설레는 마음으로, 감사하는 마음으로 하루하루를 보내고, 하루하루를 맞이하며 여생을 보내고자 노력하련다.

향기 나는 사람

향수(perfume), 나는 그 냄새를 무척이나 싫어한다. 어쩌다가 곁을 스치는 행인에게서 풍겼던 그 야릇한 냄새, 상을 찡그릴 정도로 진동하던 냄새에 역겨움과 불쾌감을 감추느라 힘들어 했었다. 그리고 향수를 뿌리는 사람을 혐오한다. 야한 냄새로 이성을 혹하게 한다는 선입감이 들어서이다.

그러한 내가 향수의 존재를 인정하고 향수 마니아들을 이해하게 된 것은 실로 우연한 기회에서 비롯되었다. 어느 일요일, 무료함을 달래려고 케이블 TV 채널을 이리저리 돌리다가 '향수'라는 제목에, '어느 살인자의 이야기'라는 부제가 딸린 영화 한 편을 보게 되었다.

무대는 18세기 프랑스 향수의 도시 그라스. 고아 출신 그르누이라는 청년은 천재적인 후각의 소유자이다. 향수 제조장에 도제공으로 취직한 그는 지상 최고의 향수를 만들고 싶어 한다. 예리한 후각으로 몸에서 매혹적인 향내가 나는 젊은 여성을 추적하여 25명을 차례차례 죽이고 그 향을 채취하여 원하던 향수를 만들었지만 살인자로 체포되었다.

공개 처형장에서 향수를 꺼내 자신의 몸에 바르고 향 묻힌 수건을 공중에 날리며 선을 보이게 되자 광장에 운집한 수많은 군중들이 모두 그 향기에 취하여 사랑의 감정이 생기면서 집단 성교를 하게 되며 그를 인정하고 용서하게 된다.

자신이 태어났던 빈민가로 돌아간 그는 스스로 몸에 나머지 향수를 뿌려서 몰려든 거리의 사람들에게 자신의 온 몸이 잡아먹히도록 하면서 그 짧은 일생을 마감한다.

음산한 분위기, 칙칙한 배경, 향수라는 특이한 소재, 절대미를 추구하는 내용, 여성의 피부와 머리카락의 향을 향료화 하는 장면, 주인공 역할을 하는 영국 배우 벤 위쇼의 집념과 광기로 번쩍이는 눈 연기, 지극히 섬세한 향수의 제조 과정 등이 강렬한 흡인력으로 빨아들여 오랫동안 뇌리에 남았던 영화였다.

곧바로 인터넷으로 원작소설의 작가인 독일의 파트리크 쥐스킨트와 그 소설의 원래 내용을 조회하고, 향수에 관한 기초 지식도 검색해 보았다.

보는 만큼 안다고 한다. 영화를 보았고, 인터넷 검색으로 향수의 여러 기초 지식, 즉 향수의 어원, 유래, 원료, 종류, 효능, 용도, 제조법, 제조 과정을 이론적으로 알게 되자 향수에 대한 종래의 편견이나 선입관을 바로잡을 수 있었다.

아는 만큼 보인다고 한다. 무심코 대했던 식료품, 화장품, 생활용품에도 향료가 첨가되어 있음을 알게 되었다. 아는 만큼 힘이 생긴다고 하였다. 향수에 대한 무지와 무식에서 벗어나 이제부터는 향수를 받아들여 이왕이면 나의 삶이 향기로워질 것을 기대하기로 했다.

향수와 친해지기 첫 번째 프로그램, 냄새를 제거하고 공기를 정화한다. 화장대에는 십 년 넘게 먼지를 뒤집어쓰고 있는 향수병과 최근에 친척과 딸애에게서 받은 향수병 서너 개가 있다. 용도에 맞게 뿌려야 하니 아들과 딸 방에 들어가 그들이 수집해 놓은 향수도 슬쩍 사용할 것이다. 아 참, 유통기한이 5년이라는데 변향, 변색이 되지 않은 것 같아서 일단 사용해 보기로 한다. 청량감을 주는 그린 향을 화장실에, 거실에, 현관에 마구 뿌려대기도 하고 향내에 익숙해지기 위해서 향내를 열심히 맡았다.

어느 날 아들, 딸이 귀가하였다.

"어어? 이거 무슨 냄새야. 엄마아~."

연신 코를 벌름거리며 얼굴을 찡그린다.

"향수 좀 뿌렸다. 왜?"

"향수를 왜 이런 데에 뿌려요? 몸에 뿌리는 건데요."

뭘 몰라도 한참 모르고 있다. 나처럼 향수 공부를 제대로 하지 않았으니 다양한 향수의 용도를 알 턱이 없을 것이다.

두 번째 프로그램, 감정을 조절하고 분위기를 돋운다. 기분이 울적하거나 허무하거나, 우울한 날에는 시트러스향을 집안 곳곳에 뿌려 둔다. 시원하고 상큼한 향내에 염세와 공허와 시름이 새털처럼 날아가리라.

세 번째 프로그램, 몸에 발라서 몸 냄새를 없애고 몸 향기를 돋운다. 딸이 선물한 샤넬의 코코 마드무아젤(Coco Mademoiselle)을 양쪽 귓불에 살짝 발라본다. 얼굴을 돌릴 때마다 이쪽에서 쏴아, 저쪽에서 쏴아 하니 피어오르는 얄궂은 향내, 그러나 멀지 않아 은은하고 그윽한 향기로 다가올 것이다. 남의 눈총이 두려워 향료가 적게 들어간 '오 데 코롱'(Eau de Cologne) 향수를 뿌리고 외출까지 시도해 보았는데 두어 시간 만에 홀라당 증발해 주어서 내심으로 무척 반가워하였다.

아들 딸애가 가만 있을 리 없다.

"그렇게 향수를 싫어하더니 웬 일이예요? 아버지, 엄마가 왜 저러신

데요?"

나는 속으로 대꾸했다.

'참 별일이네. 지네들은 바르고 다니면서 말이 많아.'

기가 막히지 않은가! 향수도 남이 뿌리면 이상하고 자신이 뿌리면 정상이라고 생각하다니. 연애도 자기가 하면 로맨스이고 남이 하면 불륜이며, 주식도 내가 하면 투자이고 남이 하면 투기라고 말하는 것과 같은 이치이다.

그렇게 나는 향수에게 애써 다가갔고 향수는 나에게 그렇게 안겼다. 그러나 사실 일상생활에서 향수를 뿌릴 일이나 기회가 노상 많은 것은 아니었다. 나와 향수 사이는 아직도 서먹하다.

화장대에 앙증맞게 앉아 있는 그들이 나에게 종알대는 소리를 듣는다.

"아주머니는 촌뜨기야, 왜 나를 푸대접하죠? 진짜 멋쟁이들은 나를 보면 너무너무 좋아하는데……."

나는 속으로 말해 주었다.

'진짜 멋쟁이는 너로 인해 되는 게 아니야. 몸에서 스스로 향기가 나는 사람이 진짜 멋쟁이란다.'

사람들은 향수로 몸 냄새를 풍기려고 애쓰면서 정작 자신의 몸에서 인품의 향기를 피워 올리려 하지 않는다. 영화의 주인공 그르누이는 자신에게는 향기가 없음을 알고 향기를 탐하여 향수를 만들어냈다. 그처럼 사람들은 자신의 몸에서 스스로 향기를 풍기는 것이 어려움을 알기 때문에 향수로써 몸 향기를 대신하고자 하는 것이 아닐까?

불경에서는 이런 이야기가 있다. 부처님이 길바닥에서 노끈과 종이를 줍게 되었다. 생선을 엮은 노끈에서는 비린내가, 향을 쌌던 종이에서는 향내가 났다.

부처가 말하기를 "사람도 이와 같다. 어떤 환경에 처해지느냐에 따라 인품의 향기가 달라진다"고 하였다.

나는 내 삶이 어떤 냄새를 피웠을까 하고 생각해 보았다. 비린내, 암모니아 냄새, 화약 냄새, 하수구 냄새, 곰팡이 냄새, 짐승 냄새, 매캐한 연기 냄새가 나지 않았을까?

살아오면서 내 나름대로 인품의 향기를 꿈꾸며 태교처럼 힘썼다. 신앙심으로 마음을 닦으려 하고 이타행을 중시하고, 길이 아니면 가지 않으려고 노력하였다. 진, 선, 미, 성(眞善美聖)을 추구하며, 자연을 경외하며, 사군자를 본받으려고 하며, 선인(仙人)을 닮고 싶어했다. 하지만 살아오면서 나에게서 어떤 냄새가 났었는지, 남들은 나에게서 어떤 냄새를 맡을 수 있었는지를 가늠할 수 없어 안타깝다.

향수, 천연이든 인조이든 수백 가지 내지 수천 가지 향료를 조합하여 탄생되는 정유(精油), 그런 향수처럼 나는 향기가 나는 사람이고 싶다. 지금껏 살아오면서 천연 향료나 인조 향료 역할을 했을 나의 수백 가지 생각과 느낌과 말과 행동과 업의 향료들이 있을 것이다. 그것들을 조합하고 증류한 끝자락에, 투명하며, 맑으며, 유려하며, 따스하며, 부드러우며, 우아하며, 청아한 그런 인품의 향기를 내뿜는 사람이 되고 싶다.

현대는 아로마(Aroma) 시대이다. 사람들은 향수로 몸의 향기를 돋우고 생활용품은 향료로 물품에 향기를 더하고 있다. 이는 인품의 향기나 삶의 향기가 그만큼 결여되어 있음을 반증하는 것이 아닐까?

향기 나는 삶을 살고 싶다. 향기 나는 사람이 되고 싶다.

작은 것이 아름답다

내 나이 60살을 넘기면서 사물을 바라보는 시각에 변화가 찾아들었다. 아주 작은 대상이 눈에 뜨이고, 보이기 시작한 것이다. 그뿐만이 아니다. 나름대로의 그들 세계를 발견해 내고 그 아름다움에 경탄하게 되었다.

예를 든다면 길거리에서, 엘리베이터 안에서, 공원에서 어린 아이를 보게 되면 석고 같던 내 얼굴에 함박꽃이 피었고, 산이나 들에서 제비꽃, 민들레꽃, 꽃다지 같은 앉은뱅이 풀꽃들을 보게 되면 쪼그리고 앉아서 일어설 줄을 몰라 했다.

사람이나 꽃 같은 특정한 것에서만 아름다움을 느낀 것이 아니었다. 어린 싹, 새끼 짐승, 작은 돌, 쬐끄만 종지, 호신불, 좁쌀책, 작은 옹기……

예전 같았으면 어린 아이를 보아도 얼굴이 예쁘게 생겨야 귀여워해 주었고, 눈, 코, 귀, 입이 제멋대로 생겼다 싶으면 괜히 미워했다. 커다랗고 화려한 꽃을 보게 되면 그 아름다움에 취하고, 찰싹 달라붙어 있는 풀꽃들을 보면 눈길은커녕, 예사로 밟고 지나갔었다.

영국의 경제학자 E.F. 슈마허는 자신이 지은 책 이름을《작은 것이 아름답다》라고 하였다. 그는 이 책에서 성장지상주의를 향하여 양적 가치를 끈질기게 추구하고, 비경제적인 질적 가치는 외면하고 사는 자본주의시대 현대인을 꼬집었다.

또한 인간 행복의 길은 탐욕과 질투심을 의식적으로 조장하는 경쟁과 속도전에서 벗어나서 스스로 통제할 수 있는 자그마한 경제 규모를 유지하는 것이라며 대안을 제시하였다.

이 비판과 성찰의 목소리는 책을 발간한 1973년 이후 인구에 회자하는 말이 되었다. 하지만 이 말을 실천하는 국가나 기업이나 인간은 많지 않아 보인다.

결국 "작은 것이 아름답다"란 말은, 풍요, 탐욕, 과욕, 경쟁, 자만을 멀리 하고, 분수, 금욕, 자족, 조화, 겸허를 실천하여, 아름다움의 참모습인 조화, 순수함, 비어있음, 자연스러움, 인간성 지향에 눈을 돌리라는 메시지인 것이다.

'작은 것이 아름답다'의 약칭 '작아', 이렇게 내 노년 삶의 사전에 들어앉기 시작했다. 그러나 작은 대상에서 아름다움만 느끼면 무엇 하랴. 크고, 잘 생기고, 번듯하고, 넉넉하고, 번지르르한 것에만 눈길이 머물렀던 젊은 시절, 그리고 그것들이 대단하다며 존중해 주고 관심을 보였던 젊은 시절이었다.

이제는 작은 것에 아름다움을 발견하는 것 외에도 못 생기고, 볼품없고, 부족하고, 꺼칠한 것에서도 그 세계를 발견하고 아름다움을 느낄 수 있는 시각이 열려져야 하는데…….

작은 것이 눈에 뜨이고, 조금씩 보이기 시작하고, 아름다움을 느끼기 시작하는 이 변화, 타오르던 정열과 끊임없던 욕망들이 늙어가면서 끝어안은 체념의 몸짓인가? 큰 것만을 추구하며 살아왔던 내 삶의 뒤안 길에서 늦게 찾아온 철들기의 한 모습인 것인가?

　슈마허의 비판과 성찰을 조금은 받아들이기 시작한 내 삶의 자세의 덕이라고 스스로 위로하고 싶은 마음이 된다.

38선 미소

한국의 세계 여행가 김찬삼 전 세종대 교수가 생각난다. 그는 20여 차례에 걸쳐 160개 나라를 탐방하였는데 언어가 통하지 않는 나라에서 별의별 일을 겪게 되었다. 그래서 그는 미소 짓기를 훈련하였으며, 아프리카 오지에서 생명의 위협을 느꼈을 때 그 미소 덕분에 무사할 수 있었다고 술회하였다.

영어가 세계 공용어라면 미소는 세계 공통어이다. 미소는 열린 마음이며, 평화의 메시지이며, 인정의 오감이다.

레오나르도 다빈치가 그린 명화 중의 명화 '모나리자의 미소', 그녀 앞에 서면 만인은 그녀를 사랑하게 된다. 옆으로 살짝 돌린 눈길에서 수줍음이 번져 나오고 있고, 위로 살짝 치켜 올린 입 꼬리에서 미소가 피어오르고 있어서이다. 수줍은 미소, 말을 머금은 미소, 그녀가 어렵게 입술을 벌려 말을 한다면 수줍은 목소리로 떨리듯 말해 올 것이다.

"나도 당신을 사랑하고 있었습니다……."

미소가 유난히 따뜻한 나라, 미국이다. 그 나름대로 유래가 재미있다. 서부 개척 당시, 유럽 여러 나라에서 미국으로 건너 온 이주민들은 살아남기 위해서는 자신의 안전에 신경을 써야 했다. 그 방법의 하나로 외부인에게 적대감이 없다는 것을 알리기 위해 그들은 미소, 즉 스마일 (Smile)을 창조하였다고 하며, 그것이 생활화, 습관화한 것이라 한다. 그 당시 생존을 위한 그들의 미소가 세계 최대 강국으로 군림하고 있는 현대에 와서도 사라지지 않고 계속 이어지고 있는 것을 보면 미소란 평화를 기원하는 마음에서 나오는 것이며, 자신만만한 자의 것이라는 생각이 든다.

미소가 유난히 인색한 나라, 한국이 아닐까. 대부분의 한국인은 길에서나, 가게에서나, 공원에서나, 낯선 사람에게는 결코 인사를 건네거나 미소 띤 얼굴을 보이지 않는다. 버스나 엘리베이터 안에서도 서로를 경계하기가 일쑤이다. 안면 있는 사람끼리라도 어색한 웃음을 흘리며 겨우 목례를 주고받을 뿐, 별다른 인사말을 주고받지 않는다.

모르는 사람이 말을 걸어오면 눈빛이 긴장된다. 국외에서 여행을 할 때에도 모르는 사람이라면 며칠 동안 인사는커녕, 통성명도 하지 않는다. 호텔 엘리베이터 안에서도 같은 한국인이면서도 모른 척 고개를 돌려 버린다.

내가 외국 땅에서 겪은 경험으로 봐서도 역시 한국인은 외부인에 대한 경계심과 거부감이 강하다는 것을 느낀 적이 있었다. 손위 시누이의 아들 결혼식에 참석하기 위해 우리 부부와 아래 동서 내외가 미국에서 잠깐 머물렀을 때의 일이다. 뉴욕 센트럴 파크 옆 성당에서 결혼식과 파크 안 호수 가든에서의 피로연 등 관련 행사로 분주한 나날을 보내고 관광차 거리로 나갔다.

상점, 거리, 전철, 엘리베이터, 버스는 그야말로 세계 인종의 시장이었다. 언제 어디서나 외국인들은 한결같이 나같이 낯선 외국인에게도 천연덕스럽게 미소를 띠며 인사말까지 건네었다.

"굿모닝(Good morning)", "헬로우(Hello)", "하이(Hi)"…….

처음에는 '왜 저러지? 저네들이 나를 언제 봤다고?'라고 경계하는 눈빛으로 멍하니 바라보기만 하였다. 그러다가 미소를 접하고 인사말을 받는 일이 반복되어가자 어느덧 나도 모르게 재빨리 인사를 받거나, 내 쪽에서 미소를 보내게 되었다. 드럼통 몸매의 백인과 흑인들, 갖가지 빛깔의 머리칼과 갖가지 머리모양을 한 남녀노소, 노랑, 갈색, 회색. 파랑, 검정색 등 갖가지 빛깔의 눈동자와 마주치면서 인사를 건네었다. 흑인 아주머니의 검은 입술 사이로 드러난 하얀 이빨에는 하얀 미소가 빛났고, 뒤뚱거리며 걷는 뚱보 노랑머리 백인 아주머니의 오동통한 미소도 정답게 다가왔다.

가게에서 물건을 사며 정신없이 앞 사람을 밀치고 나아갈 때면 나도 모르게 "익스큐즈 미(Excuse me)"가 튀어 나왔으며, 계산대 앞에 서면 내 쪽에서 먼저 "땡큐(Thank you)"가 튀어 나왔다. 만약 한국이라면 가게 점원이 먼저 "감사합니다"라고 말했을 것이다. 이제는 나도 슬슬 혀 꼬부라지는 국제인이 되어가는구나 하면서 속으로 재미있어 하였다. 그런데 이게 무슨 조화인가! 미소를 띠우며 인사말을 주고받을 때 가슴이 훈훈해지며 친밀한 감정이 솟아오르는 것이었다.

이렇게 미소는 마음을 데워 갔지만, 그 난롯불 같은 마음이 이국땅에서 같은 한국인을 만나면서 다시 차가워져 가는 일이 생겼다. 결혼식 관련 행사가 끝나자 시누이는 한국에서 온 우리들을 위하여 워싱턴, 나이아가라, 천섬 등 미국 동남부 일대를 돌아볼 수 있는 관광을 주선하여 주었다. 나는 풍선처럼 부풀었다. 그동안 외국인과 혀를 꼬부리는 인사를 주고받았는데 동족을 만나게 되면 마음 놓고 모국어로 인사를 주고받을 수가 있겠기에 말이다.

관광버스 안에는 미국 시민으로 살고 있는 현지 한국인과, 나처럼 한국에서 미국에 볼일 차 와 있다가 관광을 나온 한국인들로 가득 차 있었다. 얼굴에 미소를 가득 띠우며 그들을 바라보았지만 나의 미소에 한 사람도 응하지를 않았다! 다들 콘크리트 같은 표정으로 차창 밖만 멀거니 바라다보고 있었다.

나는 내내 심각해졌다. 듣던 대로 역시 한국인은 미소에 인색한 민족이구나. 그렇다면 왜 그럴까? 무엇이 우리 한국인의 마음을 닫아걸게 하는가?

많은 생각을 거듭한 끝에 내 나름대로 결론을 얻어 내었다. 기구한 한국 역사! 약 60년 전에 터졌던 6.25 민족상쟁은 3.8선이라는 선을 국토에 그었고 사람들의 마음 속에도 3.8선을 그은 것이라고 말이다. 어디 그 뿐인가? 우리 민족은 그 옛날부터 화평하지 못하였다. 조선시대에는 당파 싸움으로, 구한말에는 친일파와 반일파로, 근세와 현대에 이르러서도 용공과 반공, 영남파와 호남파, 좌익과 우익, 보수파와 진보파, 등등……. 사상과 이념의 대립이나 지역 간의 대립으로 늘 반목해 왔다. 이러한 대립은 인화에 악영향을 끼치고 그 불협화음은 다시 국론을 분열시키고 크게는 국가 발전을 저해하는 요인으로 지금도 작용하고 있기도 하다.

또한 국외적으로도 바다를 통해서, 국경선을 통해서 이민족의 침공을 무수하게 겪으며, 외세에 시달리면서, 적대감과 피해의식에 젖어 살아왔다. 언제 우리 민족이 평화롭게, 편안하게 살아와 본 적이 있었던가? 남과 타협하며, 인정을 나누며 살아온 적이 있었던가? 언제나 마음 속에 3.8선을 그어놓고 살았다. 미소가 깃들 자리에는 경계심이, 인사말의 자리에는 적대감이 들어 앉아 있었다.

불쌍한 우리 민족, 미소를 모르고 인화를 모르고 살았다. 한 손에는 칼이나 총을 들고, 한 손에는 삽을 들고 뛰었다. 자랑스러운 우리 민족, 지구상의 237개 나라 중, 하나밖에 없는 분단국가가 되어 조그만 땅 덩어리에 철조망으로 오들오들 떨고 있다.

우리 한국인의 대다수는 어머니의 뱃속에서부터 내 편이 아니면 적이라는 2분법적 사고와, 나는 백이고 너는 흑이라는 흑백논리에 길들어 왔다. 태어나면서부터 반공을 국시(國是)로 삼는 국민교육도 받아 왔다. 아! 지금도 생각난다. 어렸을 때, 심야를 날카롭게 울리던 통행금지 사이렌 소리, 그 시퍼런 공포……. 그러니 언제 미소가 나오고 어디서 인사말이 나올 수 있었을까? 그래서 나는 미소에 지극히 인색한 우리 한국 사람들의 미소를 3.8선 미소라고 이름 지을 수밖에 없다.

지금의 한국인은 잘 살고 있다. 기름지게 먹어도 마음 속은 늘 갈증에 목마르다.

나라 땅이 하나가 되면 마음도 하나가 될 것이다. 3.8선 철조망이 사라지고 3.8선 미소가 사라진 자리에 평화를 구가하는 미소와 자신만만한 자가 지니는 미소가 들어설 것이다.

하얀 이빨을 드러내고 싱긋이 웃어 보자. 좀 예쁘지 않을까? "안녕하세요?" 하거나 "좋은 아침입니다", "반갑습니다", "감사합니다"라고 인사말을 던져 보자. 저 쪽에서 "아? 예" 하며 어색하게 대꾸해 올 것이다.

나는 그 날을 손꼽아 기다리련다.

유감스러운 나의 이름

정희(朴正熙) 대통령과 육영수(陸英修) 영부인. 세상 사람들은 이 두 분의 성명을 자주 입에 올리면서 남편인 남성이 여성형 이름이고, 아내인 여성이 남성형 이름이라는 점에서는 무관심하다.

그러나 나는 다르다. 여자이면서 남성형 이름을 가진 덕분에 수십 년 세월에 걸쳐 이름 수난이 이어져서 평생토록 유감으로 살아갈 것 같아 성(性)에 맞지 않게 지어진 다른 사람들의 이름들이 지나쳐 보이지 않는다.

나의 이름은 경남(敬男). 성명은 김경남(金敬男). 남자 이름 탓인가. 나의 생김새도 선천적으로 곱상하지 않고 남자처럼 눈, 코, 입이 크다. 음성도 나긋나긋하지 않고 뚝뚝하다. 게다가 후천적으로 익힌 필체까지도 크고 활달하다. 그리고 보면 이름을 지어주신 할아버지께서는 선견지명이 있으시나 보다. 여섯 손자 손녀 중 막내로 태어난 여자아이의 용모에 맞춰 머슴아 같은 이름으로 아예 작명하셨다.

참으로 부러워하며 살았다. 이 세상에는 여자 이름으로 고운 이름이 얼마나 많은가! 김슬기, 김이슬, 김솔내, 김빛나, 김송이 같은 한글 성명, 그리고 한문 성명으로 김지혜, 김현숙, 김미애, 김보경, 김소희, 김옥희, 김향아……. 그런데 나는 남자 이름에다가 이름 풀이도 고약하다. 공경 경(敬) 사내 남(男), '남자를 공경한다'라니, 왜 남자를 공경해야 하는가.

남자 이름으로 받은 오해는 헤아릴 수 없었다. 대학생 시절, 어떤 교수님께서는 대리출석을 방지하기 위해 강의 전 꼭 출석부를 들여다보시며 호명하셨다.

"김경남!"

"예."

고개를 번쩍 들고 누구냐 하는 표정으로 두리번거리시기에 나는 손을 들어야 했다. 크게 휩뜬 눈으로 보시더니 이내 다시 고개를 떨구신다. 이름은 남성이되 여성이라는 것을 아신 것이지만 나는 자괴지심에 시달렸다.

병원이나, 동사무소의 접수나 등록 창구 앞에서이다.

"이름은요?"

나는 의도적으로 크게 발음해 준다.

"김경남."

직원은 눈을 치뜨고 바라본다.

"김경란?"

컴퓨터 자판에 '김경란'으로 아예 입력한다. 보아하니 여성이니까 남자 이름 '김경남'은 아니겠지라는 판단이다.

남자 이름으로 받은 불이익은 실로 많았다. 대학 시절의 시험이나, 교단(敎壇)에서의 교외 여러 연수 등 평가를 받을 때이다. 객관식이 아니고 이름과 필체가 드러나는 주관식이나 서술형 답안지를 채점할 때

교수나, 시험관이나 연수관은 수험자의 성명을 보게 마련이다. 이때 채점자도 인간이니까 시험 문제는 똑 같은데 남녀 수험자가 동시에 응시했을 때 남녀 수험자에 대한 선입견이나 성차별의 심리가 있을 수 있다. 여자 이름에 필체도 곱상하면 '여성이네. 이 정도로 썼으면?' 할 것이며 남자 이름이면 '남성이네. 이 정도는 써야지' 할 것이다.

나의 경우는 어떤가? 이름도 남자 이름에 필체마저 크고 활달하니 영락없이 오해한다. '남자네. 이 정도이면?' 아니면 '이 정도밖에 못 썼어?' 라며 인정사정 볼 것 없이 하위점수로 매겼을 것이다. 근거도 없는 억측일 수도 있겠지만 실제로 평가를 당할 때 예상만큼 좋은 점수를 얻지 못한 경우가 허다하였다.

남자 이름으로 당황하고 난감하고 변명할 때가 많았다. 대인관계의 첫 관문이 통성명이다. 모임에 가서 자기 소개를 할 때이다.

"김경남입니다."

한결같이 '남자 이름이네' 라는 표정을 짓는다. 어떤 사람은 짓궂게 반응한다.

"그러면 경상남도에서 태어났습니까?"

"아닙니다. 경상북도에서 태어났습니다."

어떤 때는 내 쪽에서 아예 변명하다시피 한다.

"제 이름은 김경남입니다. 남자 이름입니다."

문예지에 글을 발표할 때이다. 필자명을 써 두었어도 나를 여성작가로 생각하는 독자는 전혀 없었다. 글의 바른 이해를 위해서 필자가 여성임을 암시하는 단어를 문장에 의도적으로 넣을 수밖에 없었다. "화장을 하고", "하이힐을 신고", "남편이", "핸드백에는", "주부로서…."

아! 그렇게 수십 년 세월을 이름 때문에 오해 받고, 불이익을 당하고, 당황해 하고 난감해 하면서 살아왔다. 치밀어 오르는 짜증을 누르며 언짧아 오는 심사를 누르며 살아왔다. 평생 입간판처럼 내 앞에 서기도 하고, 나의 육신에 쌍둥이처럼 따라다닌 이름이여. 이 무슨 업보인가?

남자같이 크게 생긴 눈, 코, 입은 화장으로 조금이나마 부드럽게 보이게 할 수 있고, 크고 활달한 나의 필체는 작고 얌전하게 쓰면 되지만 내 남자 이름만은 여성으로 둔갑이나 위장이 되지 않으니 이 무슨 명에인가?

생각해 본다. 내가 지은 이름도 아니다. 내 잘못도 아니다. 그런데 책임을 깡그리 져야 한다니 너무 억울하다. 나는 나에게 '나'이고 싶고 남에게 '나'로 보이고 싶을 뿐이다. 내 밥그릇을 챙기지를 못하는데 나의 불만은 당연한 것이다.

제발 남자 이름에 신경 쓰지 않고 편안하게 살 수 있는 방법이 없을까? 고심 끝에 방법을 찾아내었다. 개명(改名)을 하면서까지 조상에게 불경할 생각은 해 보지 않는다.

어떻게? 마음을 비우는 것이다. 불경 '금강반야바라밀경'에서 부처님의 이런 말씀이 있다.

"'나'라는 상도 곧 상(相)이 아니며, '남'이라는 상과 '중생'이라는 상과 '수명'에 대한 상도 곧 상이 아니다."

이 아니 섬광처럼 다가온 깨달음의 말씀이 아닌가? 이처럼 "나는 김경남이다"라는 상(相)은 곧 김경남이 아니며 그 이름이 김경남일 뿐이다. 그러니 상이 아닌 것에 집착하여 남자 이름 때문에 받은 오해와 불이익과 당황하고 난감했던 경우를 불만스러워 할 필요가 없지 않은가?

또 말씀하셨다.

"무릇 형상(形相)이 있는 것은 모두 다 허망(虛妄)하나니, 만약 모든 형상을 형상이 아닌 것으로 보면 곧 여래를 보느니라." 이 가르침처럼 오해와 불이익과 난감한 경우를 불만스럽게 여기는 것도 다 내 마음의 작용과 형상이며, 김경남이라는 형상도 곧 진정한 형상이 아니기에 이를 알아채면 도의 경지에 이른다니 이 아니 돈오(頓悟)의 경지가 아니겠는가?

이름. 하나의 육신에 붙여진 이름일 뿐이다. 그 육신과 생사고락을 함께 하는 고유명사일 뿐이다. 다 허명이고 허상일 뿐이다.

나는 오늘도, 내일도, 죽을 때까지도 이름 수난을 겪을 것이다. 그래도 '김경남은 나다', '나는 감경남이다' 라는 아상에 집착하여 화를 내는 마음자세를 고쳐 나가는 길만이 수십 년 세월의 피해의식을 잠재우고 인간적 성숙에 이를 것으로 알고 매진할 것을 다짐한다.

엄마가 쓴 아들의 성장일기

씨 앗 심기

최근 학교에서 자연 시간에 '씨앗 심기' 단원을 공부한 모양이었다.

요즘 와서 모든 씨를 보기만 하면 심으려고 하고 싹이 나오는 과정을 신기해 했다.

수박을 갈라 먹고 난 다음의 일.

수박씨를 보더니

"엄마, 이 수박씨 심으면 수박이 나와?"

"응."

"그럼 심어볼까?"

"귀찮아. 그만 두자. 엄마가 내일 심어줄게."

"그럼 엄마, 참외씨도 심으면 나와?"

"응."

하였더니 싱크대 위 행주를 척 보더니,

"엄마, 그럼 이 행주도 심으면 나오지? 응? 그렇지?"

"?"

나는 이 기발한 응용력에 내심 놀랐다.

(8살. 1985. 6. 10.)

생일 카드

카드를 느닷없이 만든다. 아버지한테 드린다고 내미는 것을 봤더니 다음과 같이 적혀 있다.

우리 아버지에게!

생일을 축하합니다.

아버지는 생신 때 오래 친구분과 하토(화투)를 하지 말고 일찍 주무셔요.

나한테 쓴 내용은 다음과 같다.

어머니께

어머니, 어머니 생일날에 생일 선물을 안 드려 죄송합니다. 다음에는 꼭 생일 선물을 드리겠습니다. 한 양말이라도 드리겠고 돈을 모아서 과자도 사주겠습니다.

(8살. 1985. 11.20)

기도

10월 22일 있을 학력고사에 대비하여 시험공부를 하게 했다. 엄마 아빠 감독하에 안방에서 공부하던 승훈이는 졸음이 온다고 해서 내가 데리고 마당에 나가 섰다.

하늘엔 음력 보름달 되기 전의, 그래도 마냥 밝은 반쪽 달이 휘영청

하게 찬 하늘을 밝히고 있다.

"엄마, 나 달 보고 소원을 빌래."

"그래."

"달님, 제발 공부를 잘 하도록 해 주세요. 학력고사에서 다 맞게 해 주세요."

손을 모아 합장하고, 고개 숙여 절하고, 또 하고, 또 하고, 또 하고. 그러더니 아예 시멘트 땅에 무릎 꿇고 큰 절 한 번, 두 번, 세 번, 네 번.

또 소원을 빈다.

"달님, 공부를 하나도 하지 않고도 학력고사를 다 맞게 해 주십시오. 제발 부탁입니다."

또 합장하고 수없이 고개 조아리고.

(9세. 1986. 10. 13)

백령도 아들

나의 사랑하는 아들아

너에게 오래간만에 필을 드니 눈물이 솟아오른다.

언젠가 너에게 말했었지. 너가 군대에 가고서부터 너는 엄마의 눈물이 되고 슬픔이 되었다고 말이야. 그것도 해병대를 자원하고 또 게다가 그 빡센 백령도에 근무하게 되었으니….

이번 기회에 가족 사진도 보내주겠다. 전번 휴가 때 아파트 앞 풀밭에서 찍은 거 말이다. 하얀 백발의 너의 할머니, 당당한 체구의 너의 아버지, 긴 치마를 입은 나, 해병대 뾰족머리의 너, 너의 여동생 혜원이의 단발 모습. 사진 속의 가족 모습, 참 분위기가 좋구나. 이 표정이란 하루 아침에 만들어지는 것이 아니고 서로가 노력하고, 애쓰고 다듬은 연륜 가운데에서 녹아 만들어진 것이지.

내가 벌써 널 의지하려고 하는 걸 보면 엄만 많이 늙었나 보다. 필을 들면 자꾸만 하소연 같은 것, 한 같은 것이 자꾸만 나오려고 하는 것을 보니 말이다.

아직도 어린 너, 부모를 잘 모르고, 기성세대를 이해 못하는 스무살 넘은 너에게 어미가 무엇을 요구하고 기대해서는 아니 되겠건만 너도 '고추 달린 아들'이라고 의지하고픈 생각이 드는 걸까?

엄마의 슬픔 속에는 인간으로서, 며느리로서, 주부로서, 아내로서, 직장인으로서, 엄마로서 많은 것들이 있지. 그러나 그것들은 해결될 수 없거나 승화될 수 없는 성질의 갈등들이 많기에 슬프단다.

승훈아,

가끔 음성이나마 들을 수 있어 편지를 자주 안 했다. '백령도'를 떠올리면 나는 또 눈물이 나지. 생각나니? 그 때 너와 아버지와 나와 네가 함께 했던 면회 시간들.

숙소에서 아침에 눈을 뜨니 벌써 일어나 돌아앉아서 과자를 허겁지겁 먹고 있었던 너의 모습……. 부모를 싣고 떠나는 선박을 부둣가에서 오랫동안이나 바라보면서 부동자세로 서 있던 너, 그 모습을 선박 안 유리 창가에서 한 없이 지켜보던 나, 멀어지는 시야, 너를 두고 떠나는 심정, 눈에 삼삼하구나. 지금도 한 장의 사진이 되어 내 가슴에 남아 있다.

승훈아,

내가 늘 말하듯이 어떤 현상이나 어떤 사물에서 느끼는 모든 인식작용을 너에게 '교육'이나 '보람된 것', '수양'이 되는 것, '나를 살찌우게 하는 경험'이 되도록 받아들여라. 모든 것에 의미를 부여하고, 그리고 창조하고, 생산하고, 건설적인 것으로 만들고 긍정적으로 받아들이도록 하여라.

여기는 별 일 없다.

어디 전쟁이 쉽게 나겠니? 죽을까 봐 발발 떠는 사람도 이기적이라 우습지만 너처럼 남을 먼저, 지나치게 생각하다가 자신을 전혀 챙길 줄 모르는 너의 사고도 좀 고쳐야 한다. 인간은 어느 때 이기적이고 어느 때 이타적이어야 하는 것을 구분할 줄도 알아야 한다.

  승훈아, 나의 글은 두서없다. 완벽하게 글을 쓸 때도 있지만 지금의 편지는 즉흥적으로 쓰고 또 인위적으로 다듬고 싶지도 않구나.

  사랑하는 승훈, 늘 조심, 조심해라.

  너를 믿는다. 안녕.

1999년 6월 18일 저녁 8시 30분

너의 엄마가

애물단지 자식

결혼을 하고 일산에 사는 딸애는 친정에 자주 들른다. 현관에 들어서면서 요란하다.

"엄마, 나 왔어요!"

왔으면 어쩌란 말인가? 주문이 많다. 입덧을 하고 있으니 당기는 음식을 해달라고 하지를 않나, 산월이 아직 멀었는데 해산달 한 달 전부터 친정모는 아예 자기 옆에 붙어 있어야 한다고 하지 않나, 해산 후에는 아이를 키워달라고 하지를 않나, 산부인과에서 가지고 온 아기집 초음파 사진을 보라며 꺼내 놓고 뱃속 자식 자랑을 하지 않나….

이렇게 들떠서 수다를 떨 때면 그런 딸애를 사이에 두고 남편과 나는 서로 눈이 마주친다.

남편은 말없이 나에게 말한다.

"여보, 미안해. 30여 년 전 내가 당신에게 맛있는 거 사다 준 기억이 없어…."

나도 남편을 바라보며 말없이 건넨다.

"너무 바쁘게 살았잖아요. 괜찮아요."

사실 그랬다. 결혼하자마자 가정에서는 시어머님을 모시면서 직장에서는 학생들을 가르치랴 첫 임신을 했을 때의 기쁨이나 입덧의 괴로움을 느낄 마음의 여유도 시간조차도 없었다.

한 달 넘게 콩나물죽을 쑤어 나 혼자 따로 먹으면서 입덧을 달래었고, 남편이 시어머니 몰래 나에게 무언가를 사다줬거나 내쪽에서 먹고 싶다고 남편에게 떼를 써 본 기억이 없는 걸 보면 남편의 그 미안하다는 표현은 아마도 맞을 것이다.

쓸쓸한 미소를 띠었다. 시대가 다르고 세태가 다르고 사람이 다르지 않은가?

지난 12월 25일은 남편의 생일날이다. 회식 때 사위와 딸애는 하얀 봉투와 케이크와 카드를 가져 왔다. 딸애는 부산을 떨며 붉은색 카드를 펼치고 녹색 종이로 된 크리스마스 트리를 세우고 그 옆에 있는 조그만 버튼을 콕 누른다.

"루돌프 사슴코는 매우 반짝이는 코~."

난데없이 크리스마스 캐럴이 튀어나왔다. 아버지 생신날이 마침 성탄절이니까 성탄절 축가를 준비한 모양인데 사실은 생신 축가를 선사해야 되는 게 아닐까. 이렇게 자기 멋대로 자기식의 부모 사랑 앞에 우리 부부는 꿀 먹은 벙어리가 되었다.

딸애가 자기 집으로 돌아갔다. 가면서 한 마디를 예언처럼 던졌다.

"엄마, 아빠, 그래도 막상 내가 없으면 심심할 걸요."

심심하긴, 온 집안을 휘저어 놓은 듯 정신없었는데 다시금 조용해져서 좋다. 그러나 점점 실내는 적막해져 가고 마음은 허전해 갔다.

나는 카드를 펼치고 크리스마스 트리를 세워서 거실 탁자 위에 올려놓았다. 버튼을 누르니 앙증맞은 소리가 수십 초간 앵앵거리며 딸애의 모습이 클로즈업되었다.

얼마 후, 열려진 안방문으로 크리스마스 캐럴이 또 들려오지를 않는가! 이번에는 남편이 거실에서 그 버튼을 누른 것이다.

보내고 그리는 정이란……. 있을 땐 시끄럽고 귀찮더니 없을 땐 그립고 보고 싶어진다.

천생 자식은 애물단지던가 싶다.

눈물이 고인다.

남해가 준 세 가지 감동

경상남도에 존재하는 자랑스러운 도립남해대학. 교정 여기저기에서 벚나무 꽃망울이 팝콘처럼 터지고 있었다. 그 아래 벤치에 앉아서 한성백일장에 참가하려고 캠퍼스에 들어서고 있는 학생들을 바라보았다. 삼삼오오 무리지어 조잘조잘하며 행사장 건물 계단을 올라가고 있는 여학생들의 볼에서 남해의 봄이 피어오르고, 남학생들의 반듯한 이마에서 미래에의 꿈과 포부가 서려 있었다.

속으로 나는 깜짝 놀랐다. 거친 해풍과 사정없이 내리꽂히는 직사광선에도 불구하고 어쩜 청소년들의 피부가 너무나 맑고 곱고 투명해서이다. 이곳 남해의 하늘과 산과 바다와 태양과 달을 벗하였는지 하얗게 빛나고 있었다.

아마도 동백꽃의 붉은 열정과, 마늘잎의 푸른 인고와, 유채꽃의 노란 정감과, 멸치의 해맑은 광채와 피조개의 붉은 정열을 닮아서인지 그들의 피부는 너무나 반짝거리기까지 하였다. 오죽 반했으면 화장실에서 마주친 여학생에게 "참으로 곱구나!"라는 찬사까지 바쳤을까. 하얀 피부는 하얀 피부에 끝나지 않는다. 하얀 마음으로 이어지고 하얀 삶을 누리게 해 주니 요즘 같은 검은 세상에 이 아니 고귀한 삶의 색깔이 아니겠는가?

두 번째 감동은 심사를 할 때였다. '나무'와 '마음'이라는 글제는 중학생에게, '섬'과 '길'이라는 글제는 고등학생에게 주어졌다. 네 개의 글제가 서로 다른데도 내용면에서 묘한 공통점이 보였다. 자신의 출생과 운명과 진로와 미래를 마치 침잠(沈潛)하듯 탐색하고 명상한 것과, 자신의 고향이 섬이라는 특수성으로 생기기 쉬운 고립감 내지 열등감을 몰아내기 위하여 당당하게 근거를 제시하는 애향심의 발로가 주체적으로 기술되어 있어서이다.

"남을 이기는 것은 승(勝)이며, 나를 이기는 것은 강(强)이다"라고 노자(老子)는 말하였다. 이 말처럼 남을 이기기는 쉽지만 나를 이기기는 어렵다.

그런데도 이성적 의지로 자신의 숙명적 상황을 이겨내려는 극기의 모습을 보여주는 글에서 나는 남해 청소년들의 도전과 비약 의지가 자신을 성장시키고, 그런 그들에 의해 남해의 무한 발전을 예감할 수 있었으며, 걸출한 미래 동량(棟梁)의 출현이 가능할 것을 믿게 되었다.

이번 행사의 총집행위원장인 남해인(南海人) 장봉호 상임이사님. 내가 알고 있는 것은 오매불망, 일편단심 고향을 가슴에 품고 사는 출향인이다. 행사를 마친 다음날. 심사차 먼 곳까지 오셨으니 그 답례로 남해 관광을 시켜 주셨다. 볼거리를 마다할 사람이 없을 터, 남해를 일주하다시피 돌아보고야 그분의 진실한 속내를 알아차렸다.

겉으로는 관광이라 하면서 고향 남해의 명물, 특산물, 천연기념물, 유적지, 사적지, 예술촌, 문화체험지, 마술 같은 조수 간만의 자연예술적인 풍경까지도 세세히 설명하고 보여주셨다. 덕분에 우리 타지인은 천혜의 관광지로서의 남해만 머릿속에 입력이 된 것이 아니고 아예 세뇌가 되다시피하여 준남해인(準南海人)이 되어버렸다.

어느 한 출향인이 회색빛 도회지에 몸담고 있으면서도 늘 수구초심(首丘初心)으로, 남해 고향땅을 지키고 있는 후배 청소년들에게 미래의 꿈을 키워주기 위해 고향땅까지 내려와서 미래지향적인 뜻 깊은 행사를 헌신적으로 집행해 나가는 모습에서 또 하나의 감동을 받지 않을 수 없었다.

남해에 처음 간 것이 아니다. 그러나 이번 방문으로 나는 남해를 진정 이해하고 사랑하게 되었다. 나의 남해는 내 추억의 창고 속에 저장되었다.

인생이 허허롭게 느껴지고, 삶이 시들해지면 생활에 활기를 불어넣고자 가끔 창고에서 '보물섬 남해' 라는 상자를 꺼내 빙긋이 웃으며 그때 그곳에서의 추억에 취할 것이다.

3

전원생활(田園生活)의 뜨락

문득 쳐다보는 봄 하늘은 마냥 푸르고
신록이 우거진 앞산은 평화로운 잠에 취해 있다.
밤에는 소쩍새의 울음으로 잠이 든다.
깜깜한 어둠 속을 뚫고 적막한 대지를 울리는
'소쩍, 소쩍' 소리에 자연도 잠이 든다.

봄의 농가월령가

20여 년에 걸쳐 해 오고 있는 아마추어 농부의 주말 농가생활이다.

늦은 3월, 농가는 주인의 발소리를 듣고 반긴다. 지난 가을, 뒤뜰에 주인이 묻은 김칫독 김장김치를 겨울이 되어 가끔 가지러 오는 것 외에는 자기 혼자서 집을 지켜서이다.

겨우내 딱딱하고 싸늘하게 굳어 있던 텃밭과 마당의 흙은 어느새 푸른 기운으로 부들부들하고 후박나무, 모과나무, 앵두나무는 줄기마다 나긋나긋하다.

장화, 몸빼, 토시, 장갑, 목수건, 모자 차림으로 밭에 선다. 굳을 대로 굳어진 땅을 파헤친다. 1년 중 농사에서 제일 힘든 일이 봄에 땅을 파헤치는 일이다. 남편은 괭이로 파헤치고 나는 쇠스랑으로 흙을 고른다. 폴리 멀칭을 하고 세 이랑에 감자를 심는다. 늦봄에 수확할 때에는 콩알에서 주먹만한 크기의 감자알이 딸려 나오는데 그 모양이 하도 귀여워서 아버지 감자, 아들 감자, 손자 감자라고 이름을 붙여준다.

4월 초 주말이다. 파종 적기이다. 마치 인간도 적기에 학교에 들어가 교육을 받아야 제대로 성장하듯이 채소도 제 때에 씨앗을 뿌려야 성장이 순조롭다. 상추는 점뿌림으로, 쑥갓은 흩어뿌림으로, 들깨는 줄뿌림한다. 강낭콩은 폴리 멀칭을 하고 한 구멍에 서너 알씩 넣고, 호박과 옥수수도 서너 알씩 땅에 묻는다.

5월초 주말이다. 토란을 토닥토닥 심고, 고구마 순을 땅 속 깊이 엇비스듬히 꽂아 놓는다. 꽃집에서는 벌써 4월에 고추모종을 팔면서 아마추어 농부들을 들뜨게 한다. 냉해를 입기 쉬운 고추는 반드시 5월 초순에 모종으로 심어야 안전하다. 심을 때 높이 북을 돋우어 주어야 하는 것은 뿌리가 깊게 드리우고 6월~7월 장맛비에 쓰러지지 않게 함이다.

겨우 2주마다 오는 농가. 그 사이에 주인의 발걸음 없이 내 식물 가족들은 빈 집에서 얌전히, 조용히 자라고 있다. 집은 비록 비어 있지만 마을 주민들이 오며 가며 보살펴 주고 고양이와 쥐도 그냥 지나쳐 주고 옆집 개도 지켜 주고 하늘과 구름도 눈길을 준다. 어디 그뿐인가? 저 먼 도회지 하늘 밑에서 주인이 기도하는 마음으로 염원하는데 잘 자라지 않겠는가?

농작물의 성장 과정은 마치 아기와 같아서 얼마나 귀여운지 모른다. 4월 중순부터 하나 둘씩 고 귀여운 목을 쳐든다. 팔도 휘젓고 몸뚱이도 나온다. 나는 그들에게 상을 내린다. '밥만 먹으면 안 되지' 하면서 나는 물조리개로 물을 주고 나서 비료도 준다. 잎채소는 요소를, 뿌리 채소는 복합 비료를 준다.

농약은 살포하지 않는다. 도회지 가게에서 채소를 살 때면 농가에서 자라고 있는 농작물을 떠올린다. 오이는 수천 마리의 진딧물에 시달리는 것을, 토마토와 감자는 무당벌레에 괴로워하고 그 착한 상추는 달팽이에 제 몸을 물어뜯기는 것을 많이 보아왔다. 농약은 필요악이다. 어쩔 수 없는 농작물 지키미가 되는 현실이다.

호박은 세워준 지짓대를 타고 오르기 시작하고 오이도 지짓대를 기어오른다. 가지는 무거운 몸을 겨우 지탱하고 상추는 꼼지락꼼지락 기지개를 켠다. 쑥갓은 만세 부르듯 팔을 벌리고 옥수수는 칼끝 같은 잎을 내민다. 당근은 하늘하늘 고운 잎을 부채처럼 펼친다.

채소들이 제법 자기 몸매를 자랑할 때쯤이면 잡풀들이 샘통을 내어 농작물과 키재기를 하러 든다. 쪼그리고 앉아 호미질을 하면 뻐꾹새가 뻐꾹거린다. 청정법음이다. 문득 쳐다보는 봄 하늘은 마냥 푸르고 신록이 우거진 앞산은 평화로운 잠에 취해 있다.

밤에는 소쩍새의 울음으로 잠이 든다. 깜깜한 어둠 속을 뚫고 적막한 대지를 울리는 '소쩍, 소쩍' 소리에 자연도 잠이 든다.

여름의 농가월령가

6월. 푸성귀의 전성기는 여름이다.

적록색의 오글오글한 상추는 한껏 부풀어 있다. 주말 농사를 지으면서 친척이나 지인 두루두루 나누어 줄 수 있을 만큼 많은 양을 수확할 수 있는 것은 상추와 풋고추, 토란 등이다.

어느 해인가. 상추랑 쑥갓이랑 치커리 등 푸성귀 수확이 넘쳐 어디에 보시하는 것이 바람직할까 하다가 복정동 근처 불교계 양로원에 여러 박스를 실어다 드렸다. 그 연약한 잎들이 치아가 좋지 못한 노인들에게 부담 없이 씹힐 생각에 마음이 편해졌다.

쑥갓은 잎을 잘라서 수확한다. 그 후에 또 잎이 솟구쳐 나와 연이어 수확이 가능하다.

옥수수는 한 대에 서너 개 달리는데 익기 전에 따서 곧바로 솥에 넣고 쪄내야 당분의 감소를 막아 구수한 진미를 즐길 수 있다. 시장이나 거리에서 파는 것은 산지에서 수확하고 판매처에 공급하는 과정에서 시간의 흐름으로 감소한 당분을 인공 가미로 달게 처리한 것이다.

식탁에서 사랑받는 상추는 6월 중순경부터는 이미 끝물이다. 고온에 견디다 못해 항복한 상추는 속대를 치올리고 그 대 끝에 아주 작은 노랑꽃을 오밀조밀 피우면서 쬐끄만 씨앗을 잉태한다. 씨앗, 발아, 잎과 줄기, 개화, 열매, 자신의 존재를 다음 해에 이어 준비하는 그 말 없고 소리 없는 자연의 섭리에 나는 이 우주가 그냥 존재하는 것이 아님을 깨닫는다.

추적추적 연이어 내리는 장맛비로 토란은 몸살을 앓는다. 고랑에는 빗물이 찰랑대고 반쯤 자빠진 잎들은 병들어 누렇다. 이렇게 수해를 입게 되면 그해 토란 농사는 물 건너간다. 커다란 토란알은커녕 포도알 크기로 자란다.

토란으로 말할 것 같으면 가을에 수확하여 다음 해 가을까지 뒤 베란다 서늘한 곳에 보관해 두고서 1년 내내 제사상과 차례상에 올리던 제수용품이 아니던가. 시어머님께서는 토란국을 무척 좋아하셨다.

'저 물컹거리는 토란이 무슨 맛이람.'

내심 의아하게 생각했던 토란이었지만 어머님 돌아가신 후에도 해마다 토란을 텃밭 네 이랑에 꼭꼭 심는다.

7월. 장맛비 끝에 병충해를 입는 고추이다. 서둘러 크든 작든 풋고추를 잔뜩 딴다. 수확이 좋은 해는 여러 사람들에게 나누어 준다. 베풂은 무상보시이다. 농약을 치지 않았다며 건네는 내 마음은 너무나 기쁘지만 은연중 농사의 노고를 알아달라는 심리가 있는 게 아닐까? 스스로 경계할 일이다.

고추를 냉동실에 두고서 꺼내어 된장찌개에 서너 개를 썰어 넣으면 그 칼칼한 맛이 끝내준다. 냉동실 풋고추를 볼 때마다 '내가 농사지은 것'이라는 아상에 또 사로잡히니 이 또한 자만심을 경계해야겠다.

강낭콩. 짧은 재배기간에도 그 작달만한 키, 여러 대의 줄기에서 다

닥다닥 콩깍지가 달리고 이내 불그스름한 외피로 익어간다. 잎들이 누렇게 변하면 뿌리째 뽑고 콩깍지를 벗긴다. 진홍빛 콩알이 쪼르르 누워 있어 참으로 귀엽고 정답다. 덜 익었을 때 수확하여 쌀과 함께 밥을 지으면 구수한 밥맛이 일품이다.

8월. 성하의 텃밭은 온통 농작물과 잡풀과의 공생공존이다. 아니, 잡풀의 왕국이다. 강아지풀은 부추와 키재기를 하고, 며느리밑씻개와 닭의덩굴은 머위의 커다란 잎에 걸터앉아 가시로 눌러대고 있다. 명아주, 매듭풀, 비단풀은 마당에서 땅 따먹기 싸움을 벌이고 있다.

풀과의 전쟁. 농작물을 지켜야 한다. 바깥 텃밭에는 고구마 긴 줄기가 자기보다 더 큰 풀허리를 끌어안고 넘어져 있다. 악화가 양화를 구축하고 있지 않은가! 작업복을 입고 밭고랑에 쪼그리고 앉는다. 키보다 더 큰 풀숲에 갇혀 버렸다. 엄두가 나지 않는다. 해가 중천에 떠오르기 전에 풀과의 전쟁을 치러야만 일사병에 걸리지 않는다. 뙤약볕 마른 땅에 호미날이 꽂히지 않는다. 한 손으로 풀을 휘어잡고 남은 손으로 호미를 움켜잡고 풀의 허리를 모아잡고 쪼아댄다.

와! 하며 풀 속에 살고 있던 풀벌레가 날아오른다. 까만 날개를 펼치며 얼굴과 허벅지와 엉덩이를 죽어라고 쏘아댄다. 따끔따끔, 근질근질해도 긁을 수가 없다. 이를 악물고 호미질을 해댄다. 기어이 한 이랑 한 고랑을 무찌르고 다시 옆 고랑에 앉는다. 드디어 고랑은 고랑대로 이랑은 이랑대로 고구마 줄기는 줄기대로 가지런히 뻗어진 밭을 내려다보며 회심의 미소를 띤다.

하기야 입장을 바꾸어 본다. 풀밭은 풀의 집이다. 풀밭은 풀벌레의 집이다. 나는 풀의 적이다. 자신의 집을 침입하여 초토화시키는 적군에 필사적으로 대항하는 풀과 풀벌레의 저항은 정당방위인 것이다. 나야말로 침입자나 무자비한 정복자가 아니던가. 그런 생각에 이르자 고구마와 풀 중에서 누가 양화인지, 누가 악화인지 헷갈리기 시작한다.

현대는 지구촌시대라고 한다. 그러면서 겉으로는 전 인류가 평화로운 척 더불어 지내고 있다. 아직도 국토와 종교 이념으로 분쟁이 있기도 한 것은 어떻게 해석해야 하나.

우리 땅인 독도를 두고 새삼 일본이 깐죽거리며 기싸움을 하려 든다. 전쟁이란 휴전도 있지만 한쪽은 반드시 져야 하고 한쪽은 반드시 이겨야 끝나는 일이다.

자라고 있는 농작물과 밭을 덮어가는 무성한 풀을 바라보면서 나는 삶과 전쟁과 죽음을 단상한다.

가을의 농가월령가

가을 텃밭에는 주로 김장용 채소가 자라고 있다. 배추, 무, 실파, 생강, 갓, 총각무…….

9월. 김장배추와 무는 9월 들어 활착을 하고 잘 자란다. 8월 초에 씨앗을 뿌린 배추와 무. 배추는 직파 외에도 모종 이식으로도 가능하다. 무는 반드시 직파(直播)여야 한다. 실험삼아 5장 정도 잎이 나온 무를 옮겨 심었더니 성장 속도나 튼실함이 직파로 자란 무에 따라잡지를 못하였다.

사람도 이와 같지 않을까? 자신이 처한 환경에 잘 적응하는 사람, 자신이 처한 환경에도 잘 적응하지 못하는 사람, 다른 환경에도 잘 적응하는 사람, 다른 환경에는 적응하지 못하는 사람…….

고구마. 따갑던 여름 햇살을 듬뿍 받고 느긋한 가을 햇살에 누르스름하게 잎이 변한다. 서둘러 캔다. 적기에 캐지 않거나 비가 온 다음에 캐면 고구마는 수분을 머금고 자칫 썩기가 쉽다.

고구마를 단 한 알도 수확하지 못한 해도 있었다. 갓 시작한 주말농부 시절에 봄에 고구마를 심어놓고 가을에 캔다고 한 날, 큰 기대로 땅을 판 호미 끝에는 살 같은 뿌리만 나왔다.

고구마의 적토는 사양토이며 습지대에는 고구마가 달리지 않는다는 것을 햇농부가 알 턱이 없었다.

그런가 하면 마른 땅에 심었던 어느 해는 고구마를 캐기 시작했는데 아기 머리통만한 고구마가 튀어나오는 바람에 너무 놀라 얼른 도로 묻어 버린 기억이 난다.

땅콩. 사양토가 적합하지만 나의 농가 땅이 워낙 습기를 머금은 지대라 아예 굵은 알의 땅콩을 기대하지는 않는다. 그래도 애써 심어놓고 보듬고 다독인 정성에 자그마한 알들이 대롱대롱 달려 있어 되레 고마워했다.

10월. 들깨는 가슴 높이로 자랐다. 뿌리째 뽑아 마루에서 뉘어 말린 후 막대기로 두드려 알을 튀어나오게 한다.

생강. 따뜻한 남쪽 지방에서 잘 자라지만 여기 중부 이천땅 우리 농가에서 키운 열두어 뿌리에서 작지만 울퉁불퉁 샛노란 알들을 얻었다.

김장배추. 가을논의 왕이 벼라면 가을밭의 왕은 김장배추이다. 누른 벼는 논에서 출렁거리며 서서 주인의 손길을 기다리고, 푸른 배추는 밭에서 모여 앉아 주인의 손길을 기다리며 산다. 배추 재배에 있어 연작을 피해야 하지만 해마다 같은 땅에서 같은 방법으로 파종하고 돌보고 가꾸는 데에도 어느 해는 배추가 실하고 어느 해는 부실하다. 그러니 배추농사가 잘 되지 못한 해에도 부실한 배추도 금배추라며 고가에 팔리는 것이 아닌가?

무. 무도 이와 같다. 파종에서부터 결실 때까지 눈길을 자주 주어도 배추처럼 그 해 결실의 모습을 미리 가늠하거나 짐작할 수 없다. 하기야 북도 돋우고, 밑거름도 주고, 웃거름도 주고, 비료도 주고, 잎도 따

주고, 서리를 피해 묶어도 주고 하는데도 어느 해는 팔목 같고, 어느 해는 장딴지 같은 무가 나오니 말이다.

나의 농촌생활은 다수확이나 최상품이나 특대품 생산에 열을 올리는 것이 아니다. 그래도 나는 다른 농작물과 달리 배추와 무의 변덕스런 성깔미에 당하고 살면서 어처구니가 없다. '심은 대로 거두리라' 라는 믿음이 무색하지 않은가. 더더구나 나는 프로 농부도 아닌 아마추어 농부임에랴.

아! 어느 해인가? 여섯 이랑에서 남자 어른의 장딴지만한 무를 엄청나게 수확했다. 동네에서 가장 크다는 평을 받았다. 2~3개씩 묶어 승용차에 실어 집집마다 택배부처럼 배달을 해댔다. 덕분에 나의 관절염 증상은 심해졌는데 그 당시는 기쁨에 들뜬 나머지 그런 후유증을 염려할 겨를도 없이 마냥 즐거워했다.

수확의 계절, 가을 텃밭에서 나는 생각에 잠긴다. 농작물이 자라고 성장하여 결실이 다가오면 수확 적기와 적시를 지켜야 한다는 것이다. 수확 날의 기후가 흐리거나 비가 와서도 안 된다. 맑고, 쾌청한 날 뽀송뽀송한 날 거두지 않으면 수확 후 저장과 보관에서 이상이 생겨 썩거나 모양이 변하거나 맛이 변질되어 버린다.

1년 농사 도로아미타불이다. 잘 갈무리하여 우리네 식생활의 식량으로 비축하기 위해 안전한 수확을 기도하는 마음으로 갈무리해야 한다.

우리 민족이 오랫동안 농사에 활용해 온 24절기. 태양력을 중시하는 오늘날에도 농부들은 태음력으로 된 24절기에 맞춰 농사일을 계획했었다.

사람도 이와 같다. 가야 할 때와 머물 때를 알고, 말할 때와 침묵할 때, 노력해야 할 때와 포기해야 할 때, 참을 때와 기다릴 때, 용서할 때, 앉을 때와 서야 할 때를 알고 대처해야 후회나 실수를 줄일 수 있지 않은가.

또한 인과를 생각한다. 원인이 있으면 반드시 결과가 있는 것, 그런데 뿌린 대로 되기도 하고 되지도 않는다는 것, 규칙 외에도 예외가 있다는 것, 정상이 있으면 돌연변이도 있다는 것을 체험하였다.

자연은 어머니의 품이다. 인간은 자연을 할퀴고, 차고, 물어뜯고, 자빠뜨리고, 해악질을 해댄다.

그러나 결국은 자연에게 귀의하고야 만다. 태어남도 자연이요, 삶의 품도 자연이요, 돌아감도 자연이기 때문이다.

겨울의 농가월령가

12월. 가을걷이가 끝난 겨울 텃밭은 황량하다. 역시 땅이란 새싹을 밀어 올리고 푸른 생명을 키워야 그 본연의 사명을 다하는 듯싶다.

배추와 무의 떡잎이 널브러져 이리저리 이랑과 고랑에 걸쳐 있다. 딱딱한 얼굴로 누워 있는 겨울 땅에 갈퀴로 떡잎을 치우고 너덜거리는 폴리 멀칭을 걷어낸다. 괭이로 이랑 둔덕을 파헤쳐 흙을 아래 위로 섞어 주면 지력도 좋아지고 다음 해 봄 파종 때 일손도 덜어진다.

낙엽 태우기. 뒤뜰 단풍나무, 박태기나무, 두충나무, 아카시아나무의 낙엽, 앞마당 모과나무, 앵두나무를 전정해 둔 마른 가지들, 마당 한가운데로 끌어 모은다.

앞마당의 대문 옆 우뚝 서 있는 20여 년 된 후박나무는 그 커다란 잎으로 한여름의 열기를 식혀 주곤 하였다. 헌데 가을만 되면 후박스러운 천성을 내팽개치고 그 큰 잎을 마구 떨어뜨려 우리 부부의 손길을 더 힘들게 한다. 여러 낙엽과 고엽과 마른 가지에 불길과 함께 회오리바람이 연기를 타고 하늘로 높이 솟았다.

겨울밤 방안. 전기장판 위에 몸을 넌다. 일거리가 없는 겨울이다. 12월 초까지만 머물고 다음 해 2월까지는 집을 비워 둔다. 우리는 누워서 올해 농사를 돌아보고 내년 농사를 계획한다. 남편은 내 관절이 약한 것을 염려해서 이랑과 고랑 사이를 넓혀 이랑 수를 줄이고 재배 작물수도 많이 줄이자고 꼬드긴다.

나는 결사반대이다. "무슨 재미로 여기를 오느냐. 몸은 고되나 마음은 극락이다"고 애써 부정한다. 그렇잖아도 이제 우리 부부의 나이 어느덧 60대 중·후반기이며 기력과 체력이 예전 같지 않음을 느끼고는 있었다.

천장을 보고 누워서 우리는 과거를 여행한다. 1990년 40대 후반. 이천에 텃밭이 딸린 허술한 농가를 구입하여 주말에 가서 농사를 지었다. 신들린 듯 재미를 느껴 30여 가지 채소나 과일을 재배하면서 어언 20여년 세월이 흘렀다. 취미로 시작한 것이 생활의 일부가 되었고, 즐거움의 출처가 되었고, 소일거리가 되었다.

엉터리 도배도 하고, 벽에 페인트칠도 하고 바늘 실부터 사철 작업복, 이불, 식기, 시계, 농기구, 밥상, 옷장, 찬장, 싱크대도 마련하고 달력까지 달아 놓았다. 주말에 와서 일몰 때가 될 때까지 일하고 창호지 문이 훤해지기 전에 일어나 괭이질과 호미질을 했었다. 남편이나 내쪽 친척과 직장 동료를 초대하기도 하며 자랑하였다.

나의 글을 읽거나 나의 전원생활을 들은 사람들은 농가에 와 보길 희망한다, 낭만을 꿈꾸면서…. 그런데 농사는 낭만이 아니다. 농가, 농토, 농부, 농기구, 농약, 농심, 농작물은 현실이며 삶이었다.

내가 지어 본 농사, 내가 되어 본 농부, 내가 느껴 본 농심은 바로 인간 농사와 같았다. 흙은 마음밭이며 씨앗은 교육, 햇빛과 물과 공기는 지식, 농기구는 교과서나 학습기자재, 덧거름과 웃거름은 훈화와 잔소리, 농약은 체벌이나 담금질, 채찍이었다. 어린 채소들은 성장기의 청소년이며 온전한 열매를 맺는 농작물은 사람다운 사람의 탄생인 것이다.

문풍지 사이로 찬바람이 기어 들어온다. 이불 끝자락을 당겨 코를 가리지만 천장에서 찬 기운이 내려앉는다. 보일러로 데워진 도회지 본집의 따스한 잠자리를 마다하고 한겨울에 흙집에서 외풍을 맞으며 웅크리고 자는 것도 즐거움이라 한다면 미쳤다고 아니 할까?

벽에는 땅에서 차오르는 습기로 무지갯빛 곰팡이가 번져 있고 방안에는 이름 모를 벌레도 마냥 기어다닌다. 낮은 지대의 집이라 아마도 땅 밑에 물이 흐르고 있을 것 같은데도 우리 부부는 '수맥' 운운에 귀를 기울일 여유가 없다.

아마도 우리 부부가 이런 방에 자면서 무사한 것은 아마도 강한 정신력 때문이 아닐까? 그리고 허리가 꺾여지도록 일했으니 깊은 잠이 들 것이고 20여 년 이 생활에 길들여져 있어서일 것이다. 허리 굽혀 들어가는 재래식 변소, 두 널빤지로 된 발판 밑으로 내려다보이는 똥통, 그 위에서 태연히 용변을 보는 것도 익숙해졌다.

일요일 아침. 마당에 내려서면 쏴한 기운에 몸이 움츠러든다. 시린 허리를 드러내고 우두커니 서 있는 나무들이 추워 보인다. 옷이라도 둘러 줘야지.

뒤뜰로 돌아간다. 땅 속에서 숨 쉬고 있는 김장독. 그리고 그 속에서 익고 있는 김장김치. 여러 달에 걸쳐 내 손길로 싹이 트고 키워진 배추, 무, 파, 갓, 총각무 등 농작물로 담근 김치이다. 아마추어 농부로 농심을 담은 의미 있는 김치이다. 땅 속 저온에서 서서히 익은 김치는 3,4일 만에 익혀서 보관하는 김치냉장고의 김치맛과는 단연 다르다. 숙성되면 한 봉지, 두 봉지 꺼내어 도회지 본집에 가져와서 식탁 위에 올리는 데 겨울과 봄철 내내 이 땅 속 김치를 맛보며 살고 있으니 이 아니 즐겁지 아니한가.

이제 도회지 본집으로 가야 한다. 두어 달을 비워 놓을 집에 발길이 선뜻 내키지 않는다. 마음을 농가에 두고 갈 수밖에 없다. 겨울 농가의 지키미는 결국 나의 마음이다. 육신은 도회지로 돌아가도 나는 두고 온 애인같이 늘 농가를 그리워한다.

방, 부엌, 광, 농기구실을 다시 돌아보고 대문을 잠근다.

4

불심(佛心)의 뜨락

님은 가셨다.
그러나 우리는 님을 보내지 아니 하였다.
회자정리(會者定離)이면 거자필반(去者必返)이기에
스님께서 다시 돌아오실 날을 하염없이 기다리런다.

아아, 님은 갔습니다

20 10년 3월 13일 대한민국 조계종 청정 비구 법정(法頂) 스님의 다비식.

"스님! 불 들어갑니다."

애절한 함성은 하늘을 울리고 불꽃은 춤을 추었다.

아아, 님은 가셨다. 춘삼월 봄꽃들의 미소를 등진 채, 길상사, 송광사 흙길을 밟아 불국토로 홀홀히 떠나셨다. 야속하다. 탐욕과 성냄과 어리석음에 허덕이는 중생들을 차마 버리셨다. 슬프다. 미망과 아집과 독선에 허우적거리는 중생들을 차마 떨치셨다.

내가 법정 스님을 처음으로 뵌 것은 1970년대 초 교단에 갓 섰을 때였다. 합천에 있는 법보종찰 해인사 홍제암(弘濟庵)에서 조계종 종립학교 교직원불교수련회에 참가하였다. 그분은 불교계 승려와 저명 불자, 교육계 교수들로 구성된 지도강사의 한 분이셨다. 여러 강사들이 절 방에서 담소를 하실 때 낮은 절 뜰에 서서 바라다 본 법정 스님의 인상은 매우 인상적이었다. 길게 곧추세운 목, 반가부좌 앉음새, 강직함이 드러난 광대뼈, 날카로운 눈길, 쏘는 듯 형형한 눈빛. 강의를 하실 때에는 외모와 달리 온건한 어투였으며 발음은 다소 뚝뚝하였다.

그 후 우연한 기회에 스님의 첫 수상집《영혼의 모음》을 읽었다. 제목부터 가슴에 와 닿더니 아니나 다를까 영혼을 잡아흔들었다. 지극한 인간애를 품고 자(慈)와 비(悲)의 눈길로 사물과 현상에 대한 생각과 느낌과 체험을 솔직하게 피력한 구도승의 수행과 구도정신은 여느 성직자들의 관념적, 추상적인 성격의 글과는 사뭇 달랐다.

그 당시 나는 작가도 아니었고 필력도 없는 주제에 감동에 겨워 한달음에 스님께 독후감 편지를 올렸다. 황송하게도 스님은 나 같은 속인에게 답신을 주셨는데 붓으로 쓰시고 한글흘림체 종서(縱書)였다. 이제 수십 년 세월이 흘러 스님이 입적하신 후 스님 그리워 그 종이를 찾아보았지만 눈에 뜨이지 않았다.

법정 스님. 30여 권에 달하는 저서로 상구보리(上求菩提)에 힘쓰시고, 하화중생(下化衆生)을 실현시킨 분이다. 문학의 장르인 수필로 쓴 책《무소유》,《서 있는 사람들》,《산방한담》,《물소리 바람소리》,《텅 빈 충만》,《버리고 떠나기》,《오두막 편지》등 여러 권과《깨달음의 거울》등 역서(譯書),《아름다운 마무리》같은 명상집,《일기일회》같은 법문집, 기타 잠언집이 이를 증명하고도 남는다.

사찰 법당 법석(法席)에서의 법정 스님의 설법과 법문이 중생들의 귀를 통한 법음(法音)으로써 깨침이 되고, 영약이 되고, 감로수가 되었다면, 법정 스님의 저서와 작품들은 중생들의 눈을 통한 법어(法語)로서 마음의 양식이 되고, 생활의 철학이 되고, 삶의 길라잡이가 기꺼이 되어주었다.

참으로 신기하고 기쁘지 아니한가! 불교계 한 승려의 글이 불교 신자, 비신자, 승려, 목사, 신부, 기독교인, 천주교인 등 승속을 초월하여 두루 읽히고, 사랑받고 있다. 당신의 말씀과 저서들을 스스로 '풀어놓은 말빚'이라고 하셨지만 오히려 '글빛'이 되어 세인들에게 금언이 되고 잠언이 되고 명언으로 아로새겨져 있다.

생을 마감하실 적에 이렇게 일러주셨다.

"나 죽은 후에 탑도 세우지 말고, 부도도 세우지 말고, 사리도 찾지 말라."

그러나 우리 불자들은 다 알고 있다. 불일암이 곧 부도이며, 강원도 오두막이 곧 사리이며, 길상사가 곧 탑과 다르지 않음을 말이다.

또 우리 중생들은 다 느끼고 있다. 스님의 육신은 비록 산중에서 외로이 머물렀지만 늘 마음은 세간의 미혹한 중생과 더불어 사셨다는 것을 말이다.

이제부터라도 맑고 향기로운 삶을 살아야겠다. 평소에 맑은 스님의 얼굴을 바라보면서도 눈이 멀었었고, 평소에 향기로운 스님의 말소리를 들어도 귀가 먹었던 우리 중생들이다. 스님이 가신 이 마당에 이제라도 발심하고 수행하여 그분의 염원을 받들어 맑은 삶, 향기로운 삶을 기꺼이 살아 드려야 한다. 그것이 그분에 대한 예의이고 중생의 도리가 아니겠는가?

지금이라도 '무소유'를 생활화 해야겠다. 소유의 뜻도, 무소유의 경지도 모르면서 살고 있는 이 사바세계의 인간들에게 이 말씀은 쓰나미처럼 다가왔고 큰 지진처럼 넋을 흔들고 망치로 맞은 듯 정신이 번쩍 들게 만들었다. '무소유'라는 한 마디 법어로 탐진치(貪瞋癡)에 찌든 생활인 스스로를 돌아보게 한 선각자가 일찍이 있었을까? '무소유'라는 한 마디 법어로 생활인에게 삶의 길과 방법을 일깨워준 선지자가 일찍이 있었을까?

입적에 이르러 그분이 남긴 여러 유언들. 의례적인 장례식과 관과 수의, 저서 처리와 출판, 다비식에 관한 당부나 부탁에 목이 멘다.

시인 이형기 님의 시 〈낙화〉에서 "가야 할 때가 언제인가를/ 분명히 알고 가는 이의/ 뒷모습은 얼마나 아름다운가." 그것처럼 그분의 낙화(落花)는 아름답기만 하신 것이 아니었다. 얼마나 진실하신가! 얼마나 선량하신가! 얼마나 성스러우신가!

스님이면 다 스님이 아니다. 스님다운 스님이 스님이다. 그렇다. 스님 중에서도 스님이시다. 이 암울한 시대에 그분은 사회의 등불이며, 승려의 사표이며, 시대의 스승이었다.

아, 님은 가셨다. 그러나 님의 향기는 갈수록 짙어지고, 님의 발자취는 갈수록 또렷해지고, 님의 목소리는 갈수록 가까이 들리니 어이할꺼나.

님은 가셨다. 그러나 우리는 님을 보내지 아니 하였다. 회자정리(會者定離)이면 거자필반(去者必返)이기에 스님께서 다시 돌아오실 날을 하염없이 기다리련다.

달을 가리키는 손가락

나는 불교신자이다. 얼마 전 조계종 종단 일부 승려의 도박 사건을 접하고 경악과 분노와 배신감에 빠져 들었다. 앞으로는 스님께 두 손 모아 공경, 합장할 생각이 없어졌다.

그런데 어떤 승려의 발언이 또한 해괴하고 가관이다. 입이 열 개라도 할 말이 없는 그들의 행위를 비호하였다.

"스님들의 화투는 치매 예방을 위한 내기 문화 겸 심심풀이이며 판돈도 기껏 수백만 원에 불과하다……."

어떤 말로도 그들의 행위는 정당화될 수 없다. 그들은 성직자였기 때문이다. 초록은 동색이라고 성직자라는 신분과 본분과 사명을 망각하고 두둔하는 그런 승려가 비일비재할까 봐 불교도로서 정말 걱정스럽다.

부처님이 웃으실까? 우실까?

나는 두 손을 모은다.

"부처님, 가만히 계시지 말고 연화단에서 내려오시어 호통을 치소서. 미소를 지으며 가섭존자에게 연꽃을 들어 보이며 소리 없는 설법을 해 주시던 시대도 아니고 그런 전법이 통하는 시대도 아닙니다. 중생 구제한다는 스님이 오히려 중생처럼 행동을 하는 시대가 아닙니까?"

오호 통재라. 삼보귀의(三寶歸依)가 무색하구나! 부처님(佛)과 그분의 가르침(法)은 존귀한데, 일부 승려 때문에 스님(僧)께 귀의함이 위태롭도다.

그래도 나는 스스로 위로할 수밖에 없다. 우리 불자들이 사찰에 가는 것은 궁극적으로 부처님을 만나러 가는 것이다. 나무를 보고 숲을 보았다는 말을 하지 말자. 눈에 보이는 것만이 전부이거나 진리나 진실도 아니다. 달을 가리키는 손가락을 보고 '달'이라고 우기지 말자.

그리고 또한 나는 굳게 믿고 있다. 이 세상에는 항하수 모래알만큼이나 많은 승려들이 부처님의 가르침에 따라 중생교화를 위해 밤낮으로 전국에서 청춘을 불사르고 온몸을 바치고 있다는 것을 알고 있다.

불교신문에는 수많은 승려가 법복을 갖추어 입고 오체투지를 하며 참회하는 사진이 대문짝만하다. 정작 참회해야 할 사람은 눈 가리고 아웅하며 서 있는데 말이다.

탁발승(托鉢僧)

가을이 져버린 11월 초, 나는 오늘도 그 탁발승이 보고 싶었다. 퇴근을 할 때면 늘 하던 식으로 차를 몰아서 건대입구역 4거리 좌회전 차선에 들어섰다. 왼쪽 방향 지시등을 켜놓고 얼른 그 쪽으로 고개를 돌렸다. 차창 밖에는 수십 명 남녀노소 행인들이 서 있다가 녹색 신호등이 켜지자 바삐 횡단로를 오가고 있었다. 교차로 옆에 삼각형 모양의 좁다란 폭의 보도블록 위로 눈길을 던져 보았으나 보이지 않았다.

나는 맥이 빠지고 서운해졌다.

'그럼 그렇지. 탁발의 어리석음을 이제야 아신 게야. 인심은 얼음과 같고, 세상은 쇠붙이고, 불심도 없고 삼보(三寶)도 나 몰라라 하는 양을 이제야 아신 게야. 정성을 다하여 쳤던 목탁소리도 중생들에게 한낱 소음이 되어 되레 행인들의 발길을 재촉하게 한 촉매가 되었다는 것을 이제야 아신 게야.'

나는 괜히 화가 나서 마음대로 추측하고 마음대로 지껄였다.

그러니까 그 장소에서 탁발승을 처음으로 보게 된 것은 7월이었다.

한여름의 더위는 회색빛 건물들과 딱딱한 도로들과 혼잡한 거리들을 벌겋게 데우고 있었다. 건대입구역, 이 4거리로 말하자면 지하철 2호선과 7호선이 만나게 되는 환승지역이라 전철을 갈아타려는 행인들로 늘 북적대는 곳이다. 분당으로 가는 청담대교로 늘 퇴근을 하는 나로서는 이곳에서 신호 대기차 수십 초를 멈춰 서 있으면서 차창 밖의 풍경을 무료하게 내다보기 마련이었다.

어느 날 무심코 왼쪽 차창 밖을 바라보고 있었을 때였다. 오가는 행인들의 무수한 다리 가랑이 사이로 밀짚모자를 눌러 쓰고 가부좌를 틀고 앉아 있는 회색빛 차림의 승려가 얼핏 보였다. 얼른 창문을 내렸다.

"탁 탁 탁 탁······."

목탁 소리가 들려 왔다.

탁발승이 탁발을 하고 있었다. 반가웠다. 그러나 다음 순간, 한국불교 조계종단에서는 승려의 신분으로, 혹은 속인이 승려 신분을 위장하여 거리 탁발을 하면서 간혹 불교나, 불법이나, 승려나, 불자의 이미지를 훼손하거나 민폐를 끼치는 사례를 우려하여 종법으로 탁발 행위를 금하고 있는 실정을 떠올리며 이내 착잡해졌다.

원래 탁발이란 승려에게 옷이나, 음식이나, 약이나, 잠자리를 공양하거나 법을 설하는 것으로 탁발의 진정한 의미는 아집과 아만을 없애는 승려 자신의 수행과 보시하는 자의 복덕을 길러주는 공덕을 쌓는 데 있다. 이는 아름다운 전통이 되어 부처님 당시부터 있었으며, 석가세존도 탁발하였으며, 인도의 성인 마하트마 간디도 탁발하였다. 신라의 고승 원효도 탁발승이었다.

기독교에도 13세기 고대 이탈리아 아시시(Assisi)의 탁발승 성 프란체스코가 창설한 탁발 수도회가 철저한 무소유, 청빈 정신으로 한때 교세까지 왕성했었다. 지금도 미얀마, 태국, 스리랑카 같은 남방 상좌 불교

국가에서는 탁발이 성행하고 있고, 공양을 하거나 공덕을 쌓는 행위가 일상화되어 있기도 하다.

　그런데 나는 이러한 시대적 상황에도 불구하고 이렇게, 도회지 번잡한 대로변에 앉아 불특정 다수를 상대로 염불 독경하며 탁발하는 모습에서 수행 탁발의 원래 취지가 느껴진다고 긍정적으로 생각하기로 하였다. 그러면서도 한편으로는 스님의 탁발행위가 안쓰럽다고 느껴지기 시작하였다.

　'요즘 세상에 누가 있어 시주를 할까? 진짜 승려는 탁발을 하지 않는다며 의심의 눈초리를 던질 터인데 진정 수행삼아 저리 하시는 걸까……'

　나는 온갖 상념으로 마음 아파하고 속상해 하였다.

　나로 말하자면 명색이 불교종립학교에 몸담고 지혜와 자비를 바탕으로 건학 이념을 구현하고자 노력하는 여교사이다. 평소에 부처님과, 불법과, 스님을 존경한다 하면서 불교를 생활화하며 살고 있는 불자이다. 그렇게 자부하는 나의 경우에도 탁발 행위를 탐탁히 보아 주지 않는데 이교도나 무종교자의 경우 과연 탁발의 모습이 경건하게 보이고 과연 탁발의 목탁 소리가 이쁘게 들리겠는가?

　도회지 한복판에서 듣는 목탁 소리! 그래, 솔직히 생경하게 들렸었다. 수련회에 참가하여 이른 새벽을 깨우는 도량찬 때 듣던 그 청아한 소리도 아니었다. 새벽 예불 때 어둑한 법당을 잠 깨우던 투명한 소리도 아니었다. 정진 때 듣던 그 맑은 소리도 아니었다. 번잡한 역 4거리, 전철역을 떠받치고 서 있는 거대한 원통형 교각들이 죽 늘어서 있는, 질주하는 차량들이 내는 소음과, 대로변 고층 빌딩과, 울긋불긋한 상가, 오가는 행인들, 그 발길 따라 일어나는 땅 먼지에 아랑곳하지 않고 거리를 울리던 그 목탁 소리는 그런 풍경과는 생뚱맞지 않았다.

그 후 나는 퇴근길마다 그 지점에 이르면 눈으로 탁발승을 보았으며 목탁 소리를 들었다. 그런데 웬일인가? 처음에는 생경하게 들리던 그 목탁 소리가 마치 무언가를 부서버리듯, 빠개듯이 들리는 것이 아닌가? 듣게 될수록 그 목탁소리는 거리 풍경을 때리고, 나를 때리고 있다는 생각이 드는 것이었다.

어설픈 좌선 중에 왼쪽 어깨를 한 번, 오른쪽 어깨를 세 번이나 두들겨 맞았던 그 따가운 죽비 소리. 그래, 목탁 소리는 경책으로 나를 후려치고 있었다. "미망과 미혹의 잠에서 깨어나라. 허우적거리는 삼독의 늪에서 일어나라"고 말하고 있었다! 왜 그렇게 들렸을까? 사바세계에 찌든 나의 모습의 반증이 아닐까? 나는 목탁 소리를 들으며 나를 돌아보게 되었다.

'그래, 저 목탁 소리는 스님의 수행도 아니고 보시 공덕을 위한 소리도 아니야. 나에게 주는 메시지야.'

그런 이후 나는 퇴근길마다 그 지점에 이르면 탁발승을 보려고 하고 목탁 소리를 들으려고 하였다. 마음 같아서는 차를 돌려 근처에 주차를 하고 스님께 다가가 시주도 하고 싶었다. 그러나 몇 십 초 동안 머물다가 차를 몰고 가기에 바빠했었다. 힐끗 고개를 돌려 찰나적으로 바라보았을 때에도 무심한 표정의 행인들이 옷자락을 휘날리면서, 신발 먼지를 일으키며, 스님 앞을 바삐 지나갔었고, 더더구나 허리를 굽혀 시주를 하려거나 스님께 합장해 보이는 모습을 본 것 같지 않았다.

매일 그 곳에 그 탁발승이 있었던 것은 아니었다. 여름이 스러지고 가을이 누렇게 다가오자 가로수 나뭇잎들이 거리에 깔리면서 탁발승의 모습이 보이지 않게 되었다.

오늘, 나는 늘 그랬던 것처럼 신호를 기다리며 차창 밖 건너편을 바라보았다. 스님이 그리웠다. 목탁 소리가 그리웠다. 허전하였다. 그래,

그 탁발승은 세상과 인심을 알아보려는 불보살의 화신이었으리라. 탁발승의 모습으로 탐내고 성내고 어리석은 중생을 교화시키려고 오신 불보살이리라. 목탁 소리로 혼탁한 사회를 맑게, 밝게 하시려고 오신 불보살의 화신이리라.

누가 무어라 해도 자기 식으로 중생을 사랑하고 미물을 깨우치려고 했던 탁발승의 그 외롭고 꿋꿋한 몸짓이 수행자의 한 모습으로 중생들이 받아들여야 하지 않을까? 아무도 귀기울여 듣지 않던 염불 소리와 목탁 소리이지만 이 소리야말로 우리 중생이나 미물이 듣고 깨우쳐야 할 진리이며 삶의 지혜가 아닌가?

나는 가만히 속으로 탁발승에게 말할 것이다.

"스님, 무엇을 얻으셨습니까? 아니면 우리 중생에게서 무얼 느끼셨습니까? 아직도 불법으로 세상을 바로 잡을 수 있고 불국토를 이룰 수 있다고 생각하시는지요. 그것이 어려운 것이라 해도 우리에게 희망을 주십시오. 그러지 않으면 우리는 대기를 오염시키는 이산화탄소처럼 무명과, 미망, 미혹, 아집과 아만에 질식되어 저 피안의 언덕에 이르지도 못하고 생을 마감하게 될지도 모른답니다."

한 소식 얻지 못한 미물이 오늘도 탁발승의 그림자를 찾고 있다.

불교 포교를 위한 문학의 역할

―한국불교문인협회, 제21차 불교문학 심포지엄―

불기 2555년(2011년) 11월 11일 오후 3시. 전국에서 300여 명이 모여든 영등포 하이서울유스호스텔 대강당.

'불교 포교를 위한 문학의 역할'이라는 대형 현수막 아래 문화공간 어울림 국악연주단 비단음 단장의 힘찬 타고(打鼓)가 마치 팡파르처럼 울려 퍼지면서 불교문학 심포지엄의 막이 올랐다.

제1부에서는 김재엽 한국불교문협 사무국장의 사회로 국민의례, 삼귀의례, 반야심경 봉독, (주)칠보 대표이사 이중길 회장을 위시한 내빈 소개, 홍윤기, 조병무 상임고문 추대, 박관우, 류홍열 객원기자 위촉이 있었다. 이어서 "새로운 문화 창달은 모름지기 불교의 발전에 두어야 한다"는 선진규 한국불교문인협회 회장의 개회사, 김송배 한국문인협회 부이사장과 국제펜클럽 한국본부 유자효 부이사장의 축사, 한국불교종단협의회 사무총장 홍파 스님의 격려사, 장봉호 한국불교문협 기획위원장의 발원문 낭독, 사홍서원이 있었다.

제2부는 '불교 포교를 위한 문학의 역할' 심포지엄. '고대 한국 불교

가 일으킨 일본 불교문학과 행기 스님' 이라는 주제로 발표에 나선 홍윤기(국제뇌교육종합대학원 대학교 석좌교수) 교수는 8C경 발간된 일본 고대 문헌 '일본영이기' (日本 靈異記)라는 불교설화집을 예를 들면서 그 속에 백제인 고승 행기(行基)의 업적과 행적에 관한 불교설화와 그 설화문학의 발생이 한국 고대불교가 일본 불교문학 창설에 기여하였던 점을 추적, 고찰하였다.

'불교문학이 포교에 미친 영향' 이라는 주제로 발표에 나선 조병무(동덕여자대학교 명예교수) 교수는 "불교문학 작품은 불교에 대한 새로운 방향 제시와 불교의 인식과 불교에 입문하는 마음자세에 기여하며, 불교문학의 작가와 그 작품들의 통찰을 통해서 더 본격적인 불교문학의 발전과 모색은 쉽게 풀이된 불교경전의 보급과 그 보급을 포교화 하는 것" 이라고 역설하였다.

이어 김동률 한국불교문협 감사이며 숭실대 강사의 노련한 진행에 따라 김기원 진주대학교 명예교수의 심도 있는 질의와 발표자의 진지한 답변으로 토론의 의미를 십분 살리었다.

대금 독주(대금명인 김성문 선생). 자신이 만든 현소로 자작곡을 연주하자 그 청아한 음색과 격조 높은 음률에 취해 마치 심산유곡을 거니는 듯하고, 가요 '칠갑산', '옛 시인의 노래', '아리랑', '사랑을 위하여' 를 연주하자 누구랄 것 없이 입을 다문 채 목청으로 따라 하여 장내는 한마음으로 숙연해졌다.

오후 7시 30분. 친교의 장. 구내식당에서 식사를 마치고 다시 대강당에 모였다. 시를 낭송하고 수필을 낭송하고, 노래와 춤까지 어우러져 흥을 돋웠다. 경이롭고 특이한 점은 선진규 회장이 친히 사회를 맡아 열성껏 진행한 것은 물론, 즉석에서 익살스런 심사평과 함께 상품까지도 준비하신 점이다.

오후 9시. 곧바로 잠자리에 드는 자 몇이나 될까. 전혀 대면도 없었던 문우들과 밤늦도록 한 방에서 문학과 불교와 삶을 같이 노래하며 만리장성을 쌓을 수 있었던 것도 다 오늘의 이 뜻 깊은 행사 덕분이었으리라.

다음날 아침 8시 40분. 불교포교담론. '차(茶)는 세상을 비추는 빛이다'라는 제목으로 김의정(대한불교조계종 중앙신도회장)의 강의가 있었다. 서울시 무형문화재 제 27호 궁중다례의식 보유자이며, 불교정신을 바탕으로 한국 차문화의 진흥과 세계화에 헌신의 노력을 다하는 모습이 여과 없이 전달되어 퍽이나 감동적이었다.

오전 10시. 문학기행. 파주에 접어들면서 임진강이 가까워오자 강가 도로변에는 철망이 길게 쳐져 있고 군데군데 경비초소에는 총을 장전한 군인이 있었다. 철조망! 3.8선에만 드리워진 것이 아니다. 대한민국 국민이라면 어느 누구라도 가슴 속에 그 날카롭고 삐쭉삐쭉한 철망을 꽂은 채 살고 있을 것이다.

멀리 바라다보이는 오두산 꼭대기에는 강쪽을 향하고 푸르스름한 타원형 대형 유리 건물이 오뚝이 앉아 있다. 통일전망대. 이날까지 총 1750만 명이 다녀갔고, 외국인을 포함, 연간 60만 명이 찾아든다고 한다. 2층 극장에서 탈북시인 장진성 씨의 〈내 딸을 백 원에 팝니다〉라는 시가 흐르는 안보 관련 영상물을 시청했지만, 3층 전망실에서는 강 위에 드리운 뿌연 물안개로 아쉽게도 북한 땅을 바라볼 수가 없었다. 저 땅에도 괴물이 아닌 사람이 사는 곳인데 어찌하여 가 볼 수 없는 땅이 되어 버렸을까! 산을 내려오면서 다시 돌아본 전망대에서는 태극기가 서럽게 펄럭이고 있었다.

오후 12시 20분. 고양시 소재 일산노인종합복지관 견학. 2000년 4월에 개관한 이 복지관은 노인들의 일자리를 창출하며 그들의 삶을 건강하게 유지시키는 역할에 중점을 두고 있다. 관훈(館訓)을 화안애어(和顏愛語)로 운영하는 정신에 걸맞게 이곳을 이용하는 불자들은 소위 '극락 세계' 라고 일컬으며 비신자들은 '천당' 이라고 한다고 하니 역시 경기도 최우수 노인복지관이라는 평가는 거저 얻은 결과가 아님을 알겠다.

때마침 토요일이라 점심 메뉴는 잔치국수였다. 식당 예그린의 식반 출납대 위 커다란 글귀가 눈을 확 잡아끈다.

"성 안 내는 그 얼굴이 참다운 공양구요, 부드러운 말 한 마디 미묘한 향이로다."

이 균제동자의 게송 외에도 식탁 위에도 공양 게송이 적혀 있었다. 갓 삶은 쫄깃쫄깃한 국수사리에 다짐쇠고기, 파, 당근, 유부, 깨 등 고명을 듬뿍 얹은 잔치국수 800내지 1000그릇에는 주는 이, 받는 이들의 불심이 녹아 있었다.

3층 교육실에서 관장 능인 스님의 배려로 복지관 소개 영상물을 시청하고 그 분의 안내로 맞은편 호수공원을 돌아볼 때, 아, 부처님의 가피로다! 스러져 가는 늦가을, 목이 꺾여진 채 연씨를 품고 서 있는 앙상한 저 연줄기들 사이로 연꽃을 친견하다니! 우리 불자 문인들을 기다리며 미소 짓고 있는 홍련 두 송이와 꽃봉오리 하나…….

오후 2시. 기념촬영을 끝으로 버스에 올랐다. 빌딩이 보이고, 한강이 보이고, 인간의 삶이 보이기 시작한다.

우리 불자 문인들의 사명은 무엇인가? 불교적인 인격 도야로 불교적인 삶을 지향하고 생활화하는 것이다. 또한 불교적인 향기가 넘치는 글로 중생과 사바세계를 제도하며 불국토를 염원하는 노래를 오늘도 내일도 불러야 할 것이다.

향수(鄕愁)의 뜨락

색동빛 추억
날아라, 모교여! 빛나라, 모교여!
나의 아버지, 어머니
제18차 정기 총회 및 송년의 밤
가고파, 보고파를 이룬 우정의 '추억산장'
은하수를 건너 오작교에 모인 견우 직녀들
만날 때마다 드리우는 견우 직녀의 눈물

모교의 백 살을 기리면서, 나를 태어나게 했던 고향과,
나를 사람 되게 가르쳐 줬던 모교를 위하여 내가,
어떤 마음가짐으로, 어떤 몸짓을 할 수 있는가를 깊이 생각해 보아야겠다.

색동빛 추억

지금으로부터 백 년 전, 1911년 4월 1일, 영덕공립심상고등소학교로 배움의 문을 연 영덕초등학교!

사람은 생일이 돌아오면 자신을 낳아준 부모님의 은혜에 감사하며 감회에 젖는다. 그와 마찬가지로, 나를 인간으로 만들어 준 나의 모교가, 그것도 자그마치 100번째 생일이 돌아왔으니 어찌 그 인간 교육의 장구한 역사에 경이로움과 고마움을 표하지 않으리오.

고향과 모교를 지키지 못하고 출향인이 되어 42년이나 타향에 있으면서 무어라 말을 할 수 있겠는가? 늘 죄의식으로 회색빛 도회지에서 회색인으로 살았었다. 그러면서도 가끔 고향과 어린 시절과 모교를 떠올리면 싸느랗던 가슴이 따뜻하게 데워지곤 하였다.

1949년에 태어났다. 그 다음해에 터진 6.25 전쟁 때에는 돌도 되기 전에, 어머니의 등에서 피난을 겪어야 했다.

전쟁 직후라는 시대적 상황도 말이 아니었지만 무척 가난했었던 시절이었다. 온 몸에 창궐했던 머릿니, 얼굴에 달무리처럼 피었던 마른버

짐, 보리밥과 보리개떡과 비지찌개, 집단 우유 급식, 명절날에나 먹어 보는 이밥, 콧물을 닦아 반들반들하게 굳어진 소맷부리, 물감으로 염색하여 입던 옷, 복식특설연구반에 소속되어 2학년과 4학년 학생이 한 교실에서 의자와 바닥에 교대로 앉아서 받았던 수업……

아! 초등학교에 입학하던 날이 기억난다. 운동장 가득히 내리꽂히던 햇살에 눈부셔 하며 빨간 꼬리표를 가슴에 단 채 엄마 손을 꼭 잡고 많은 사람들 사이를 헤집고 다녔었다.

저학년 때였나 보다. 국어 시험을 치렀는데 15점이었다. 그 후 작은 오빠가 나를 보기만 하면 "15점짜리"라고 놀려대었던 기억도 난다.

운동장 가장자리에는 높다란 키의 버드나무들이 도랑을 끼며 빙 둘러 서 있었다. 여름철이면 그 무성한 연둣빛 줄기들이 치렁치렁 내리뻗어 저절로 학교 담장을 이루었다. 우리들은 가지를 꺾어 버들피리로 만들어 불었으며, 잎자루를 따서 본관 건물로 오르는 높다란 계단에서 가위바위보 놀이를 즐겼다.

들바람이 불고 명지바람이 부는 봄날. 아지랑이 아롱거리는 들판을 선생님 뒤를 졸졸 따라 소풍을 나갔다. 무리를 지어 앉아서 모처럼 먹어 보는 이밥, 남학생들이 난데없이 내달아 돼지 멱따는 소리로 합창을 해대었다.

"구데기 찰밥에~."

순간, 정낭의 똥통 속에서 시허연 구더기들이 꼼지락거리며 꿈틀대던 광경이 하얗게 떠올라 밥알이 목구멍에 콱 걸리고 말았었다.

초등학생 시절, 추억의 백미는 역시 운동회였다. 만국기가 펄럭이는 학교 운동장에서 어머니께서 만들어 주신 검정 무명천 팬티와 하얀 덧버선 차림에, 머리엔 청군 혹은 백군 띠를 질끈 동여매고, 춤과 놀이와 경기로 운동장을 누볐다. 놀거리, 볼거리, 먹을거리가 풍성해서 좋았고, 선생님들과 학부모님들과 학생들과 눈부신 가을 햇살이 함께 어우러져서 좋았던 그 날의 함박꽃 같은 환희를 어찌 잊을 수 있을까!

아아! 그러던 우리의 모교가 없어져 버렸다. 불이 났다는 소식을 듣고 한밤중에 덕곡동으로 내달아 바라본 교정, 우리가 몸담았고 우리를 키워줬던 학교가 붉은 화마 속에서 시커멓게 쓰러지고 있었다.

영덕읍에 태어났다. 긴 방죽으로 둘러싸인 큰 마을이다. 방죽 바깥쪽에는 오십천 푸른 물이 마을을 감싸고 돌았으며, 안쪽에는 마을이 나지막하게 들어앉아 있는 곳이다.

온 천지가 다 우리의 놀이터였고 온 만물이 우리의 놀이감이었다. 봄이면 오십천을 건너고 산에 올라 망개나무 열매를 따 먹고 진달래 꽃잎을 따먹었다. 들판에서 냉이와 달래와 쑥을 보물처럼 찾아 다녔다. 여름이면 오십천에서 검정 무명 팬티 차림으로 물장구를 치고 검정 고무신에 송사리를 잡고 물속에 사발을 묻었다. 가을이면 들판에서 입술이 꺼멓게 되도록 밀서리, 콩서리를 즐겼고, 벼 포기 사이로 포르르 뛰어오르는 메뚜기를 병 속에 잡아넣었다. 겨울에는 썰매를 타고 팽이를 돌리고 연을 날렸다.

그 외에도 4계절에 따라, 윷놀이, 널뛰기, 자치기, 땅 따먹기, 엿치기, 말타기, 무궁화꽃이 피었습니다 등 전통 놀이를 즐겼다.

가난해도 남의 이밥을 넘보지 않고 추위도 남의 비단옷을 탐하지 않았다. 가난과 추위는 오히려 어린 동심에게 도전 의욕을 심어주고 성취 욕구를 채워 주었다. 색껌이 씹고 싶으면 색색의 크레용을 잘라 껌에 넣으면 예쁜 색의 껌이 되었다. 사이다가 먹고 싶으면 소다와 식초와 설탕을 섞어 넣어 만들어 마셨으며, 박상 강냉이가 먹고 싶으면 엄마 몰래 보리쌀을 퍼내어 맞바꾸어 먹었고, 엿장수 무쇠 칼소리가 들려오면 고물 냄비를 찾아서 엿으로 바꿔 먹었다.

이렇게 나에게는 고향이 어머니였고, 어린 시절은 애인이었으며, 모교는 스승과 같은 존재로 추억되는 것이었다.

이제 대지의 품으로 돌아갈 날이 멀지 않았다. 색동옷 시절, 색동빛 마음으로 아로 새겨진 색동빛 사연들은 이제 노년의 뜰에서 색동빛 추억으로 떠오르고 있다.

추억이란 으레 과거 회상에 맴돌기 마련이다. 그런데 진정한 의미의 추억이란 과거를 반성하고, 현재의 삶을 성찰하며, 더 나은 미래를 창조하는 데에 뜻을 두어야 한다는 생각이 든다.

고향에서, 타향에서, 모교 개교 100주년에 즈음하여 기념행사 준비에 헌신적으로 동분서주하시던 선후배님들이 계셨다. 그들을 보고 있노라니 심히 부끄럽다. "사랑은 주는 것"이라고 하는데, 나는 고향과 모교를 사랑하고 있노라고 하면서 무엇을 베푼 적이 거의 없지 않은가!

모교의 백 살을 기리면서, 나를 태어나게 했던 고향과, 나를 사람 되게 가르쳐 줬던 모교를 위하여 내가, 어떤 마음가짐으로, 어떤 몸짓을 할 수 있는가를 깊이 생각해 보아야겠다.

날아라, 모교여! 빛나라, 모교여!

―영덕초등학교 개교 100주년 기념식―

4월 23일 오전 8시. 내 고향이며 모교가 있는 영덕으로 향했다. 오늘은 무슨 날이런가? 코흘리개 시절 몸을 담고 공부했던 초등학교가 문은 연 지 100살(上壽)이 된 것을 총동창회 주최로 축하하는 날이란다.

버스는 남쪽으로 남쪽으로 내다르고 흐르는 차창 밖에는 핑크빛 산수화가 흐르고 있다. 영덕에 가까워지면서 연분홍빛 복사꽃밭이 끝없이 펼쳐진다. 눈물이 났다. 진붉은 꽃타래를 달고 있는 꽃나무가 가로수로 서 있는 자태가 너무나 요염해서 우리 여동기생 이재경 영덕군 향우회장 김승호 선배에게 냅다 물었다

"저 꽃은 무슨 꽃이예요?"

"…… 영덕꽃."

이처럼 천외기발한 명대답이 또 있을까! 차 안 선후배들이 전부 깔깔거렸다. 그래, 고향을 지키는 꽃은 복사꽃 외에도 영덕꽃이 되고도 남는다. 아름다운 고향 산천이여! 너는 옛 그대로인데 이 내 몸은 도화지

때가 덕지덕지 묻어 돌아왔구나. 원전을 지나쳐 오면서 부모님 산소를 찾아뵙지 못하는 불효에 가슴이 저려 왔다.

낮 12시 50분. 58년 만에 밟아보는 모교의 운동장, 땅은 옛 땅이로되 교사(校舍)는 현대식 건물로 우뚝 서 있었다. 어렸을 적에 몸담았던 그 시커먼 목조 건물의 옛 모습이 오버랩 되면서 그리움을 달랜다.

울긋불긋 사람꽃이 출렁거리고 여기저기 달아맨 축하현수막이 출렁거리는데 식을 안내하는 마이크는 온 교정을 목청껏 울려대고 '(경) 영덕 초등 개교 100주년 (축)' 이라고 써 붙인 대형 무대 아래에는 전국에서 모여든 모교 선후배들로 이미 앉을 자리가 없다. 운동장 가장자리를 에워싸듯 설치한 텐트에는 늦게 도착한 이들이 기별 표시한 텐트 아래에 모여 앉아 자신의 이름이 적힌 명찰을 가슴에 붙이면서 마치 초등 1학년이 된 양, 웃고 떠든다.

1시. 드디어 100주년 기념식 거행. 1부에는 국민의례, 연혁, 추진경과 보고, 감사패, 공로패 수여, 모교 교육발전기금 전달을 하였다. 이어 박근무 총동창회장이 기념사를, 안연호 초등학교장이 환영사를, 김윤순 교육장이 격려사를 하였다.

운동장에 우뚝 세워진 100주년 기념석. '기는 산같이, 마음은 바다같이' 라는 뜻의 사자성어 '기산심해(氣山心海)'가 무게 4, 5톤, 6m? 높이의 웅대한 자연석에 새겨져 있다. 이 글은 50회 졸업생이며 현재 재직중인 교사이며 서예가 황수일의 작품이며 기념석 마련은 49회 졸업생들의 성금과 추진으로 이루어진 것이다. 이 기념석의 가르침이 길이길이 모교 후배들에게 새겨질 것으로 기대한다. 볼거리로는 체육관에서의 황수일 서예가의 수묵화서전이, 역사전시실에는 역사 자료가 전시되어 문화예술의 멋과 역사의 산 증거물의 가치를 일깨워 준다.

뭐니뭐니 해도 100주년 기념행사 중 백미는 100년사를 기록한《영덕

초등학교 100년》 출판물이다. 타블로이드 다음으로 큰 크기인 국배판으로, 770쪽의 방대한 분량이다. 얼마나 무거운지 상경하여 저울에 올려 보았더니, 우메, 2,3 kg이나 되었다.

책의 무게만큼이나 이 책 안에는 학교의 100년 세월에 걸친 역사가 사진으로, 화보로, 연대별 기록으로 장엄하게 펼쳐져 있어 보는 이로 하여금 이만한 책을 엮어내기까지의 측량할 수 없는 어려움과 그 노고에, 감탄하고 찬탄하지 않을 수가 없었다. 게다가 1966년 12월 5일, 6일? 본관 건물이 화재로 전소되어 과거의 교력(校歷)이 전무한 상태인데도, 총동창회장님과 100주년 김동수 기념사업추진위원장 및 추진위원회의 초인간적이고 헌신적인 정열과 노고의 산물이라서 모교의 동문으로 무엇 하나 일한 것이 전혀 없는 나로서는 자신을 돌아보지 않을 수 없었다.

사람은 죽어 없어져도 이 책은 영원히 고향을 지켜 주고, 모교를 뽐내게 하고, 재학생들과 졸업생들을 우쭐하게 할 생각을 하니 나는 이 책이 자랑스럽고, 내 모교가 자랑스러워 죽을 지경이다.

자축포도주 축배의 시간! 2007년 10월, 모교의 운동장 땅 속에서 3년 6개월이나 알알이 희망을 키우다가 백주년 기념에 즈음하여 땅 위로 그 붉게 영글은 꿈을 토해낸 포도주이다. 이 날을 위해서 탄생한 세기적 포도주이며, 대수롭잖게 목구멍에 넘겨서는 절대 안 될 불세출의 자축주인 것이다.

2부. 복사꽃 한마당 잔치. 축제를 알리는 악단의 연주가 울려 퍼지고 남일해, 안다성, 박건, 김상배, 배일호, 박정은, 방주연, 이해리, 현당, 고영준, 꼬마 가수 외 10명, 품바 각설이, 코러스, 무용단 등장. 초청가수들의 노래가 온 교정을 메아리치고, 무용수들의 고운 춤은 흥을 돋운다. 난데없는 꽃샘바람이 머리카락을 날리고 운동장을 회오리쳐도 자리를 뜨지 않고 노래도 따라 부르고 춤도 어깨동무하는 동안에 상 위에는 연신 떡, 과일, 마른안주, 술, 음료수, 가자미 볶음, 새우회가 오른다.

교가 제창.

"밑불손 고불봉 드높이 솟고~."

얼마 만에 불러보는 모교 교가인가! 목이 메인다.

오후 6시쯤. 볼거리, 놀거리, 먹거리가 풍성했던 초등 100주년 생일 잔치가 막을 내렸다. 운동장을 뒤로 하고 동기생들은 끼리 모임을 갖기 위해 창포로, 삼사로, 강구로, 시내로 흩어졌다. 아마도 이 날 밤, 고향의 밤하늘 밑에서, 동문수학 시절의 이야기로 밤을 하얗게 밝히거나, 한 켠에서는 잠자고 한 켠에서는 고스톱을 하거나, 부어라 마셔라 밤새도록 술잔을 기울이면서 고향의 밤을 이불 삼아 보내기도 하였으리라.

고향 사투리의 멋을 어찌 말하지 않으리.

"내, 통세에 갔다 올게."

"그래, 정낭에 갔다 온나."

그 외에도 "가시나, 자시가, 입빠이, 머라케샀노, 야가, 얼라, 단디, 만다꼬, 괴안타, 우야꼬, 영덕대기, ~하닌기요, ~이시더……." 40년 넘게 외지에서 잊어버렸다고 생각했던 고향 말이 아닌가! 봇물처럼 쏟아지는 고향 말에, 나도 모르게 튀어나오는 고향 말, 너와 나를 이어주는 거멀못이 되어 한층 더 정답고 친밀한 분위기로 몰아넣었다.

그 다음날 아침. 때 마침 5일장이 서는 날이다. 장터에서 어제 모교 운동장에서 보았던 출향 선후배들이 여기저기에서 미주구리, 문어, 보리새우, 미역, 횟감 등을 사고 있었다. 외지에 살고 있으면서도 고향의 맛을 잊지 않고 그 특산물을 사는 그 애향심에 가슴이 뭉클해 왔다.

낮 12시. 귀경 버스에 몸을 실었다. 덕곡동을 지나 화개를 지나가면서 다시금 눈에 들어오는 복사꽃밭의 화려한 배웅, 무릉도원의 복사꽃이 저러할까? 수목원의 복사꽃이 저러할까? 언제 다시 볼 수 있으려나 하는 생각에 눈시울이 다시금 뜨거워졌다.

정지용 시인은 시 〈향수〉에서 '그 곳이 차마 꿈엔들 잊힐리야' 하며 고향을 그리워하였다. 다른 시 〈고향〉에서는 '고향에 고향에 돌아와도 그리던 고향은 아니러뇨' 하며 실망하였다.

그렇다. 옛 모습 그대로의 고향이 아니건만 항상 가슴 속에서 애인같이 자리잡고 있는 존재는 고향이라는 것을 나 또한 어찌하랴……

한편, 이번 모교 방문에서 또 한 가지의 즐거움을 누렸으니, 하경하고 상경하던 이틀 동안 전세버스 안에서의 모교 선후배들과 친교를 다진 점이다. 70대의 대선배(박계천 회장)에서 40대의 막내후배에 이르기까지 인생관과 삶의 행로가 달랐어도 자기소개, 여러 놀이, 노래자랑으로 마음의 문을 열었다. 이는 오로지 동향과 동문이라는 끈 하나로 거뜬히 가능했던 까닭이었으리라.

버스는 점점 회색빛 도회지로 들어가고 마음도 서서히 회색빛에 스며든다. 뜻 깊은 기회를 부여한 주최측과, 고향과 모교 나들이에 나서고, 동참하고, 동고동락했던 모든 동문 선후배님께 감사하고 또 감사한다.

오늘 밤에는 고향과 모교를 다시금 찾아가는 꿈을 꾸고 싶다.

(영덕초등 50회 졸업)

나의 아버지, 어머니

초등학교 시절이다. 종례 시간에 담임 선생님께서는 가정실태조사를 하셨다. 1950년대 그 당시에는 전쟁 직후라 물자가 귀하였다. 종이 한 장을 들고 선생님이 항목을 발음하시면 해당되는 학생은 손을 들고 선생님은 손을 든 숫자를 헤아려 합산해 적으셨다.

"아버지가 전문대를 나온 사람?" 하면 나는 우쭐대면서 손을 들었다. 아무도 손을 들지 않으니 신나지 않겠는가. "어머니가 전문대 나온 사람?"에 손은 들지 않아도 그 아래 급 학력에 손을 번쩍 들었던 기억이 난다. 여성이 학교 문턱에도 가보지 못한 1920년대에 아버지는 경성(서울), 어머니는 수원으로, 영덕보다 더 큰 외지에 나가서서 공부를 하셨으니 말이다.

지금 생각하면 학력을 자랑하는 것은 덜 된 사람의 짓이다. 그러나 그 자랑스러워했던 아버지의 고학력이 환경에 의해 출세나 가정경제에 전혀 도움을 주지 못했고 따라서 어머니의 고학력이 훗날 당신의 센 팔자의 밑바탕이 될 줄은 어머니 자신도 몰랐을 것이다.

조부 김영헌(金瑛憲) 씨. 자는 순극, 호는 수연. 본관은 수안(遂安). 영덕 군 달산면 홈페이지 —자랑거리— '인물편'에 다음과 같이 기술되어 있다. "김규(金摎)의 아들이며, 기우가 준수하고 천성이 활달하였으며 매사에 민완하였고 달상면장을 역임하였다."

일제 강점기 달산면장으로 20년 봉직하시며 인품과 덕망으로 존경 을 받으셨다. 퇴임 후 약국을 경영하셔서 우리 집은 택호가 "달산약국 댁"으로 불렸고 우리들은 "달산약국댁 손자 손녀"로 통하였다. 지금도 경북 영덕군 달산면 옥계리 계곡에는 할아버지 함자를 큼지막한 한자 로 음각해 놓은 송덕바위가 있다.

아버지 김수용(金壽龍)은 포항공립보통학교 및 포항공립심상고등학 교를 졸업하신 후 경성(서울) 소화공과학교 토목과(지금의 한양대 공과대 학의 전신)를 졸업하셨다. 그 후 대구에 있는 대구부청(지금의 대구시청)에 토목기사로 취직하셨다.

어머니 이귀달(李貴達)은 본관이 경북 영천(永川)이다. 경북 영덕군 강 구면 직천리에서 출생하셨다. 어머니의 여동생인 이모는 공부를 싫어 해 문맹이었는데 반하여 어머니는 산을 넘고 영덕 오십천 물을 건너 영 덕읍까지 걸어와서 영덕공립심상고등소학교에 다녔다.

1930년대 조선총독부 주관, 전국에서 모집하는 잠업지도원으로 경 북내 2명에 선발되어 수원에 조선총독부 농사시험장(현 농촌진흥청) 소 속, 수원여자잠업강습소에 입학하였다. 졸업 후 발령을 받고 낙평, 의 성 등지에서 잠업지도원으로 부녀자와 학생들을 가르쳤다. 그 당시 발 간된 앨범에 보면 가르마 머리에 하얀 저고리, 검은색 짧은 통치마를 입고 제자들과 찍은 사진, 자전거를 타고 계신 모습, 수업하시고 붓글 씨를 쓰시는 모습들이 있다.

아버지가 부청에 근무하실 때이다. '도베이'라는 일본인 토목기사가 있었다. 아버지께서 설계도면을 그려 놓으면 자주 없어지고 쓰레기통에 버려져 있기도 하는 등 아버지를 시기 모함할 뿐만 아니라 독립운동하는 스파이로 의심하여 늘 감시하고 괴롭혔다. 익명의 투서로 아버지는 파출소에도 불려 다니고 고문도 여러 번 당하셨다. 한밤중에 일본 헌병이 우리 집에 들이닥쳐 독립운동 자료를 찾는다며 가택수색을 하기도 하였다. 신경이 극도로 쇠약해지신 아버지는 착란 증세로 할 수 없이 퇴직을 하셨다.

그 당시 포항어업조합 이사이신 큰아버지께서 어장을 경영하시고 사촌 큰오빠는 일본 와세다대학, 둘째 오빠는 경성고상(京城高商, 지금의 서울 상대 전신)을 졸업한, 학도병 장교 출신으로 큰 운반선의 선주였다. 사촌 큰언니와 작은언니는 1950년대 포항에서 서울로 유학, 큰언니(후에 교수, 시인)는 연세대 영문과에, 작은언니(후에 약사)는 이화여대 약대에 다녔다. 그러한 큰댁에서 생활비를 조달받았지만 배가 침몰하며 파산하면서부터 큰집도 가세가 기울고 작은집인 우리 집은 생활이 더 곤궁해져 갔다.

이리하여 어머니께서는 남편과 어린 자녀들을 거느려야 하는 가장이 되었고 가정부를 내보내고 여성의 몸으로 직업전선에 나섰다. 가부장시대 여성이 할 수 있는 일이 무어 있었을까. 또 얼마나 힘겨웠을까. 영덕은 동해 바다가 가까웠다. 어머니께서는 오징어, 북어, 미역 등 건어물을 사서 화물차로 서울 재래 큰 시장에 출하하셨다 좋은 상품을 얻기 위해서 직접 산지를 찾아 나섰고 서울도 왕래하셨다.

지금 생각해 보면 어머니께서는 당신 팔자가 그리 될 것이었는지 문맹시대에 학교를 다녔고 강습소에서 배운 신식 학문과 기술과 기능을 소지하셨다. 그 때 익히고 배운 학문과 기술과 기능으로 한문도 쓰시고 주판도 놓으시고, 붓글씨도 쓰시니 산술적인 송장이나 전표 작성도 거뜬히 처리하시는 등 배움을 십분 활용하시어 빛을 발하셨다. 치마만 둘렀지 여장부였던 어머니께 영덕군청에서는 해마다 5월 8일이 다가오면 효부상을 내리려 했으나 어머니께서는 내가 한 것이 무어 있느냐며 번번이 거절하셨다.

훗날 어머니는 가끔 자식들에게 당신의 남편 흉을 보셨다. 음악을 좋아하신 아버지께서는 여러 악기를 사들여 연주하셨다. 아버지께서 대구부청에 근무하실 때이다. 봉급날 아버지께서는 어머니에게 월급봉투를 내미는 대신에 두 손에 들고 있는 바이올린으로 얼굴이 환해져 있는 아버지를 타박할 수가 없었다고 한다. 그래서인지 지금 30대 중반인 내 딸아이는 두 개의 대학교에서 음악을 전공한 후 작곡도 하고 실용음악아카데미 입시학원 강사로, 집안에는 피아노와 신디사이저를 두고 고3 실기 입시지도를 하고 있다. 탁월한 청음으로 한 번 듣고 웬만한 곡은 악보도 보지 않고 건반을 누른다. 청력도 뛰어나서 옆 사람들의 귓속말이나 나와 남편이 나누는 이야기까지 건넌방에서 도청하기가 일쑤이며 거실에서 떠들썩한 대화중이라도 10미터 현관문 밖 비밀번호 누르는 소리도 듣고 있어 식구들을 놀라게 한다.

또한 선대에 그림에 소질이 있는 조상이 계셨는지 아버지의 외손자 신수혁(셋째 딸 경옥의 아들. 이 수필집의 표지화를 그린 화가)은 네 살 때부터 그림에 천재적인 소질을 보이더니 결국 홍익대 미대와 동대학원을 거쳐 일본 동경예술대학에서 박사학위를 취득하였다. 지금은 박사가 더러 배출되고 있으나 그 당시로는 미술계 한국인 박사는 매우 드물었다. 또한 아버지의 친손자(큰아들 윤현의 아들) 김형중은 고대 법학과를 졸업하고 사법고시에 합격, 지금 변호사로 활동하고 있다.

그리운 어머니. 어머니에 대한 단상은 내가 2008년 펴낸 수필집《종이 속 영혼》에 〈사모곡〉(思母曲)이라는 제목으로 일차 언급하였다. 돌아가시고 26년이 지난 지금껏 내가 해 오고 있는 나만의 괴이한 행동, 지금도 나는 새벽 3시에 잠을 깨면 어머니가 나를 보러 오신 것이라고 확신하며 누운 자리에서 두 손을 모아 합장하고 어머니께 생활 보고를 하고 기도를 한다. 낮에는 거실에 액자로 모셔 놓은 어머니의 편지에서, 붓글씨에서 어머니를 만나뵈며 살고 있다.

이제 또 책을 펴내면서 나를 있게 한 어머니에 대한 보은의 의미로 결혼 첫해 1977년 가을에 보내주신 국한문 혼용 편지를 수정과 가감 없이 영전에 바치면서 어머니를 그리워한다.

韓室아

그 동안도 잘 지내고 食慾 좀 口味 돌아선다니 반갑기 그지없다. 정말 그 무더운 날에 너의 얼굴 무척 수척할 때(나의 임신) 이 엄마는 네가 가엾게 보였다. 사람마다 당하는 일이지마는 요즈음 世上에 얼마든지 免할 수 있기에 안타깝게만 보였지마는 그러나 격려해 주고 싶었다.

정말 너는 그 굳은 결의 어디 어느 하늘 아래 보내놓아도 變動 없는 姿勢 정말 模範女性 될 만한 資格, 이 엄마는 崇高한 너의 精姿에 어데 가서도 자랑하고 싶다. 훌륭한 母性을 닮아 二世도 영리할 거야. 확신한다. 只今도 그 苦生스러움을 참아가며 하루도 缺勤 없이 出勤하는 네가 정말 용하고도 용하다. 이 엄마가 도울 수 있으면 얼마든지 도와 줄 터인데 그런저런 사정도 못되는 효場 그저 안타깝기만 하다. 그래서 각지 아는 사람마다 아이(가정부) 구하려고 부탁을 하였으나 아직도 없는 실정이다. 아무쪼록 구하는 데까지 해 보고 알리겠다.

너의 精誠어린 內容의 片紙를 보고 이 엄마는 말없이 눈물이 흐르고 只今 이 時間이 얼마 안 되어서 그러지 아무 말 없이 그저 눈물이 나오고 하는구나. 자신이 弱心해서 그런지 나도 모르겠구나. 이제 더 바랄 것 없이 너희 6男妹가 恒常 無事故로 祈願하고 싶다. 韓書房(나의 남편)은 着實하다니 이 엄마는 安心한다. 더욱이 敎育界에 있으니 模範人事가 되기 바라고 언제나 無事故하고 査宅에도 安寧하기가 願이다.

그리고 이곳도 여전하다. 어제 大邱(당신의 둘째 아들. 전직 경찰공무원)서 고급 사과 一箱하고 一金 五仟원도 받았다. 아이들이 사과 좋아서 야단들이다. 대구 명산물 노란 사과는 시지도 않고 아이들에게는 너무나 高級이었다.

이 엄마는 來10월 6일 出發 濟州道 3泊 4日 마치고 돌아오면 또 消息 傳하겠다. 서울 있는 형들에 身勢 끼쳐도 無關하니 바쁘고 답답할 때는 혜옥 엄마가 자상하니 좀 부탁하라. 兄弟는 手足이다. 서로서로 돕고 서로서로 이해하고, 무거운 짐을 같이 짊어지고 가벼운 짐은 나누어서 덜고 인생살이가 그렇지.

그리고 이 엄마가 더욱 부탁하고자 하는 것은 여자는 出家하면 媤宅을 따르는 法이 되어 있으니 그 家內에 風俗대로 따라야만 말이 없다. 그러니 참작하고 名節에 媤宅에 가서 쇠도록 하라. 너는 웃어른 섬기는 데는 너무 겸손한 편이지마는 언제나 至誠껏 공경하라. 부탁이다.

그러면 다음 上京하면 仔細한 이야기를 하고 오늘은 너의 登祀(제사비 부조) 받은 것 반갑게 쓰겠다. 다음은 보내지 말고 너희들 아직도 부족한 데가 많으니 쓰도록 하라.

오늘은 이만 쓴다.

1997. 9. 25

영덕 母書

제18차 정기 총회 및 송년의 밤

―재경영덕읍향우회―

초대장이 날아왔다. 내용인즉 "온돌방, 사랑방 같은 향우회에서 짧은 시간, 긴 얘기로 송구영신하고자 귀한 향우님들을 초대한다"는 재경영덕읍향우회에서 보낸 것이다.

그렇다. 시멘트방 같고 얼음방 같은 타향에서의 여러 모임보다는 고향을 가슴 속에 품고 사는 우리 동향인들의 만남이야말로 진정 인간적인 온기를 풍기고 인간적인 냄새를 맡을 수 있는 모임이 아니던가!

나는 영덕읍 남석리 출생의 자격으로 이 행사에 기꺼이 참가했다. 타향에 몸을 실은 지 어언 43년, 강산이 네 번이나 바뀌어졌을 고향이련만 늘 고향은 어머니이고 애인이다. 새삼 영덕읍의 많은 동네가 떠오른다. 남석, 덕곡, 우곡, 남산, 석리, 화개, 화천, 천정, 구미, 화수, 삼계, 노물, 매정, 노물, 오보, 대탄, 창포, 대부…….

12월 7일 서울 서초구 서초로얄프라자 오후 6시 30분. 올드 팝송인 '새드 무비'(Sad movie), '체인징 파트너'(Changing partner) 경음악이 흐르는 홀에는 230여 명의 향우들이 모여들었다. 현수막 '제18차 정기 총회 및 회장 이·취임식' 오른편 벽에는 향토시인 박윤환의 시 〈영덕 사랑〉이 애절하게 걸려 있고, 왼편 벽에는 역대 회장들의 명단이 쭉 붙여져 있다. 오늘날까지 향우회의 책임자로서 지역 발전과 출향인들의 향수를 달래고 향우들의 친목과 단합을 위해 헌신과 희생을 끌어안았던 분들이다. 노고를 치하하는 뜻에서 성함을 열거해 본다. 초대 회장 권오윤, 이상도(2대), 김주언(3대), 김청자(4대~5대), 안정환(6대~7대), 전상석(8대~9대), 박근무(10대~11대), 박정택(12대), 정순일(13대~14대), 박순범(15대).

맛깔스런 뷔페로 식사를 마치고 7시 30분 기념식이 시작되었다. 제1부 함동렬 사무국장의 사회로 진행, 개회 선언, 읍기 입장, 국민의례 등이 있었다. 김승호 회장은 이임사에서 "하나의 물방울에 지나지 않는 제가, 오십 개 시냇물이 오십 개의 강을 이루어 강구 큰 바다에 흘러가듯 그런 큰 일을 큰 사고 없이 오늘에 이르게 한 것은 여기 오신 분들과 밀어주고 아껴준 향우회 덕분"이라며 공을 회원들에게 돌렸다.

장해붕 신임회장의 "고향과 향우회 발전에 혼신의 힘을 다하겠다"는 취임사에 이어 고교동창 장휘요 최인규 장인(匠人)이 청자상감운학문매병을 취임 기념으로 증정, 그 우정 어린 장면에 박수가 터져 나왔다. 향우회장은, 김호진 향우회 부회장에게 공로패를, 박종배 산악회 회장, 박명완 8089회 회장, 임태열 사무국장에게 감사패를, 영덕읍장 및 기관단체장은 김거리 향우회 상임부회장, 조근석 활성화위원장에게 감사패를 수여하여 그 공을 치하하였다.

만세 삼창. 선창에 따라 우렁차게 내지른 소리들이 거멀못이 되고 한마음으로 뭉치게 했다.

"대한민국을 위하여!, 향우회를 위하여!, 우리 모두를 위하여!"

제2부. 8시 40분. 송년의 밤. 영덕읍 출신 권태동 문화예술단장의 사

회로 여흥이 시작되었다. 노래자랑과 행운권 추첨. 노래방이 생긴 지 20년이나 된다. 너도나도 향상된 노래 솜씨에 가수들이 따로 없다. 동리별, 기별 회원들이 앞을 다투어 무대에 올라섰다. 박근무 영덕초등학교총동창회장은 '울고 넘는 박달재'를, 김승호 회장은 '강원도 아리랑'을, 장해붕 신임 회장은 '못다 핀 꽃 한 송이'를 회원들에게 선물했다.

10시. 행사장을 나오면서 다시 한 번 역대 회장들의 명단을 쳐다보았다. 2012년 이맘때쯤 있을 재경향우회에는 오늘의 이 큰 행사를 치러낸 16~17대 김승호 향우회장의 성함이 15대 회장 성함 옆에 당당하게 붙어있을 것이라는 상상을 해 보았다.

향수(鄕愁)와 향우(鄕友)로 3시간이나 데워졌던 온기어린 가슴을 안고 냉기어린 타향의 시멘트길을 걸어갔다.

가고파, 보고파를 이룬 우정의 '추억산장'

─영덕중 14회, 고등 29회 연합동기회─

20 09년 8월 22일 오후, 영덕군 지품면 속곡리 '추억산장', 한여름의 찌는 듯한 늦더위에도 아랑곳하지 않고 전국에서 중로(中老)의 남녀들이 모여들었으니, 이름하여 영덕중 14, 고등 29회 동기생 78명이다. 작년 6월, 역사적으로 경남 거창 거북산장에서 64명의 동기생들이 하룻밤을 지새우며 우정의 만리장성을 쌓은 지 1년만의 해후였다.

'추억산장'은 원래 속곡분교였다. 폐교가 된 것을 산림청이 지원하여 생태마을로 지정하고 산장으로 개조한 것이라 한다. 본 건물 외에도 순수 황토와 나무로 지어진 6각형의 황토방 건물 3채와, 플라타너스 쉼터 두 곳, 팔각정, 계곡까지 있어 문자 그대로 추억이 새겨질 만한 경관을 갖추고 있었다.

산장의 발코니를 활용해서 만든 가설무대에서는 연주가로 활동하는 동기생의 감미로운 색소폰의 음률이 산장에 모여드는 동기들을 환영하면서 기대감에 부풀게 하였다. 무대 아래에는 "환~영, 영덕, 중고

14, 29기 동기 여러분 반갑습니다"라는 대형 현수막이 길다랗게 붙어 있었으며, 넓은 뜰에 펼쳐진 깔개와 놓여진 상들은 주인들을 기다리고 있었다.

와자그르르 풀어 헤친 그리움의 보따리에는 안부 인사와, 우정과, 사랑과, 삶의 사연들이 쏟아져 나오고, 시도 때도 없이 튀어 나오는 고향 사투리는 역시 너와 나의 뿌리가 경상도이며, 영덕이며, 고향 친구임을 넉넉히 일깨워 주었다.

오후 4시, 동기회의가 시작되었다. 남장, 여장을 한 동기생들이 뜰을 돌며 사물놀이로 흥을 돋웠다. 개회 선언, 국기에 대한 경례, 먼저 간 동기생들의 명복을 비는 묵념, 애국가 제창, 교가 제창 등, 누가 모범 국민이 아니랄까 봐 학창 시절 조례 때처럼 얌전하게 줄까지 서서 국민 의례를 갖췄다. 이어 경과보고, 개회사, 환영사, 축사, 격려사가 있었다. 특히 이 날에는 영덕중·고 총동창회장이신 김동수 선배께서 이곳으로 친히 오시어 "이렇게 거창한 동기 모임은 처음 본다"며 뜨겁게 축사를 해 주셨다.

이어 놀이마당이 펼쳐졌다. 추억의 동요 부르기, 수필가 김경남의 수필 낭독, 시인 윤완수의 시 낭독, 서예가 황수일, 김광식의 휘호 작품 및 수묵화 발표, 신의호의 한시 소개, 풍물지도강사 박소영의 장고춤, 이영권과 김성용의 색소폰 연주, 지역별 만담 및 지역별 노래 자랑, 그리고 무대로 올라가 한 사람씩 돌아가며 부르는 개인별 노래 자랑…….

말하랴, 마시랴, 먹으랴, 노래하랴, 보랴, 들으랴, 박수 치랴, 이렇게 만남의 정은 여름밤 더위를 녹이고 이야기꽃을 피우느라 밤의 허리가 휘어지는 줄도 몰랐다.

상 위에는 그야말로 고향 음식의 파티장이었다. 숯불로 구운 황금은어와 꽁치와 감자, 영덕산 자연송이로 만든 국, 생새우, 소라, 가자미

찜, 떡, 복상, 강냉이……

순간, 눈에 불이 확 켜졌다. 시뻘건 큰 게가 길게 다리를 뻗고 드러누워 나를 반기는 게 아닌가? 이게 왠 떡이람? 금어기(禁漁期)인 여름철이라 대게를 구경할 수 없는데도 이렇게 먹어볼 수 있는 횡재는 오늘을 위해서 지난 겨울에 잡아서 찐 후에 냉동 보관을 해 둔 것이라 한다. 감동에 겨워, 우정에 겨워, 손톱 밑의 때까지 빨아가며 고향의 별미를 허겁지겁 먹어대었다.

산자락을 에워싼 수목에 어두움이 깃들자 한낮의 더운 열기는 꼬리를 내리고 서늘한 산바람은 뜰에 내려섰다. 반주음악도, 색소폰의 음률도, 마이크 노랫소리도, 목도 아프지 않은지 연신 소리를 질러대고 플라타너스 쉼터를 비추는 옥외등 밑에는 풀벌레까지 춤을 추었다.

새벽 5시 20분, 우정의 만리장성을 쌓느라고 온 산장을 울리던 마이크는 이때서야 잠이 들었다. 어차피 잠들 수 없는 밤, 눈은 감고 있어도 귀는 열려 있는데, 벌떡 일어나 뜰에 나가서 정담으로 하얗게 밤을 밝히지 못한 것이 후회스러웠다.

아침, 식사 후 플라타너스 쉼터 아래에서 회의를 가졌다. 동기회 회칙을 제정, 통과시키고 서울 동기회장인 김상현을 총동기회장으로 선출하였으며, 다음의 만남은 서울에서 하기로 결의하였다. 이어 추억산장을 뒤로 하고 삼사해상공원, 풍력발전단지, 고래불 해수욕장, 괴시리 전통마을 등 고향의 명소를 감회에 젖어 착잡하게 돌아볼 때 아! 무심코 바라본 고향 하늘과 고향 바다는 어찌 그리 푸르렀고, 뭉게구름, 양털구름은 어찌 그리 아름답던가!

오후 2시 30분, 바다가 바라보이는 횟집에서 유기영 부산 동기회장이 고향 음식 영덕물회로 한 턱을 쏘아 맛있게 들었다.

여름은 스러지고 우리의 만남도 흘러갔다. 카페 '영덕초등 50, 중고

14, 29 동기회'에서는 그 날의 만남을 추억하는 동기들의 글과 앨범과 펩박스 모음방이 연일 시곗바늘을 그 날로 되돌리게 하였다. "현재는 남편처럼 지겹고 과거는 애인처럼 그립다"라는 말처럼 벗들과 보낸 1박 2일의 우정의 잔치가 벌써 그리워지는 것은 그 날의 의미가 자못 컸음이리라.

감사드리고 싶다, 주관 팀인 영덕 동기들에게. 특히 행사를 주관하고 기념품을 마련한 박태호 영덕 동기회장, 입안에서 주관까지 총대를 맸고, 카페를 통하여 정을 뭉치게 하는 카페지기 공상규, 음향기기 조작과 밤새워 색소폰 연주를 한 이영권, 섬세한 감각으로 알뜰살뜰 상차림을 한 김영희, 해산물 공수 및 사비로 영덕대게를 맛보게 한 배후일, 유기만의 행사과 보시, 신영철, 이동교, 권태환, 임학수 등등 그 외 영덕 동기들이 차량, 기물 설치, 뒷정리를 돕고, 랜턴 지키미가 되어 준 부산 강대석, 분위기 도우미와 분위기 지키미가 되어 준 여러 동기들에게 사랑을 보낸다.

지금 세상은 우리를 슬프게 하는 것들이 많다. 그 중에는 먼저 우리들 곁을 떠나가는 친구가 점점 많아지는 현상이다. 또한 우리를 슬프게 하는 것은 세상에서 사람의 정이나 사랑이 점점 식어져 가는 현상이다.

중국의 소설가, 문예비평가, 수필가인 임어당(林語堂)은 말했다.

"행복이란 무엇인가? 살고 있는 것이다. 그것만으로 충분하다."

역설로 푼다면 죽음은 불행한 것이다. 우리는 먼저 우리들 곁을 떠나가는 친구들의 경우를 교훈삼아 여생을 어떻게 갈고 다듬어야 한다는 다짐이 필요할 것 같다. 그리하여 우리를 기쁘게 하는 것들이 무엇이 될 수 있을까를 발굴해 내고, 즐기려 하는 마음가짐이 필요할 것 같다. 그 중에서도 정을 주고받으며 사는 것, 우리는 그러기 위해서 그 날 그렇게 모인 것이 아니던가? 정이나 사랑은 생명이며, 우주이며, 만물의 원동력이며, 삶의 버팀목이다.

우정의 앞에는 신분의 귀하고 낮음, 지위의 높고 낮음이 맥을 추지 못한다. 우정의 뒤에는 한결같이 고향이 있고, 고향 산천이 있고, 동문 수학한 죽마고우가 있다. 우정의 현주소에는 오로지 사랑과 의리와 신뢰가 있을 뿐이다.

1년 365일, 그 중에서, 하루 이틀 정도는 삶의 시름을 떨쳐 버리고 얼굴의 주름살을 펴고, 옛 불알친구를 만나, 코흘리개 마음으로 돌아가, 개구장이 시절을 회상해 보는 것도 덜 외로운 세상을 만들고, 더 재미나는 세상을 만들고, 더 살맛이 나는 세상을 만들어 주는 것이라고 말할 수 있지 않을까?

오늘 밤에도 고향과 고향 친구들이 그리웁다.

은하수를 건너
오작교에 모인 견우 직녀들

—영덕중 14회, 고 29회 총동창회—

견우와 직녀는 7월 칠석날 은하수를 건너 오작교에서 1년 묵은 회포를 푼다. 영덕중 14회, 고 29회 동기생 견우들와 직녀들은 2011년 10월 22일 오후 5시, 은하수 같은 전국의 강을 건너고 산을 넘어와서 오작교인 이곳, 대구 팔공산 맥섬석 유스호스텔에 속속 모여들었다.

2008년 6월 28일 경남 거창 거북산장에서, 2009년 8월 22일 영덕 지품면 속곡리 추억산장에서, 2010년 8월 28일 양평 애화몽 펜션에서의 만남과 이별 이후의 올해의 만남이다.

주차장에서 부둥켜 안으며, 손을 맞잡으며, 환한 웃음으로 우정을 확인하고 그리움을 풀었다. 인생반 평균 6학년 3반인 이들 65명(서울 21, 영덕 9, 포항 9, 부산 5, 대구 21)의 중로(中老)들은 어린이처럼 명찰표를 달고 홍단풍이 그려진 현수막, '환영, 제4회 영덕중고 14, 29기 동창회' 가 붙여져 있는 2층 스카이홀에 들어섰다.

5시 30분. 대구 동기회 총무 류학수의 개회사에 이어 국민의례, 묵념,

추진일정과 보고, 이번 행사를 주관한 박창호 대구동기회장의 기념사, 김상현 서울동기회장의 축사, 유기영 부산동기, 한영곤 포항동기회장, 남중태 영덕동기회장의 격려사가 있었다.

교가제창 때에는 목이 메어왔다. 50년 전, 교복 차림으로, 모교 운동장에서, 우렁차게 불러댔던 학교노래가 아닌가!

　　태백산 뻗어 나온 화림산 아래
　　무궁화 향기로운 이 마당에
　　학을 따라 모여온 모든 학우들
　　찬란하다. 이 나라 보배로일세
　　우리들의 이상은 저 먼 하늘
　　힘차게 나가세 영중(영고)의 건아

다음(daum) 카페 '영덕중고 14, 29' 동기회의 카페지기 공상규 영덕 동기는 좋은 만남을 자축하는 의미에서 마술학원에서 열심히 배운 마술로 요로콤 저로콤 요술을 선보여 60대 중늙은이들을 호기심 어린 동심의 세계로 한달음에 몰아가며 분위기를 띄웠다.

6시. 뷔페로 식사를 마친 후 7시 40분 레크리에이션 전문강사의 사회로 노래자랑 순서이다. 실내를 쾅쾅 울리는 반주 음악, 마이크로 확성된 노랫소리, 음률에 맞춘 율동이 펼쳐졌다. 한 곡이 끝날 때마다 열려지는 추첨함에서 신세계 백화점 상품권, 생필품 등 푸짐한 상품이 쏟아져 나왔다.

자리를 옮겨가며 술잔을 기울이고, 학창시절을 추억하고, 삶의 사연들을 펼쳐 놓았다. 마이크가 더 소리를 질러댈수록 테이블의 정담은 더 높아져 갔다.

들려오는 유행가의 노랫말이 유난히 귀에 꽂힌다.

"있을 때 잘 해, 후회하지 말고."

공자는《논어》에서 "자식이 효도하고자 하나 부모는 기다려 주지 않는다(子欲孝以親不待)"고 하였다. 부모, 형제, 남편, 아내, 연인, 친구, 지인이 살아 있을 때, 옆에 있을 때, 넉넉할 때 마음과 물질을 베풀면 좀 좋을까. 강산이 열 번 바꾸어지기도 전에 사라질 인생인데 얼마나 잘 살겠다고 앞도 뒤도 돌아보지 않고 살아야 하는 것일까.

행사를 주관한 대구 동기생들은 떡, 과일, 맥주, 소주, 막걸리, 가자미찜, 쥬스, 족발, 술안주, 과자 등 정성을 다해 마련한 야식들을 연이어 날랐다.

밤 12시. 마음 같아서는 50년 전 동무들과, 50년 전 동심으로, 하얗게 밤을 지새워가며 1년 묵은 회포를 깡그리 풀고 싶었다. 그런데 어찌 하랴. 그런 의욕과는 달리 육신은 잠의 수렁으로 빨려 들어갔다.

23일 아침, 창문을 열치니 추색이 만연한 팔공산 자락이 한눈에 들어온다. 아침 햇살은 수목들을 깨우고 산빛은 지난 밤 는개에 더더욱 가라앉았다. 주차장 뜰에서는 지하 1320m 암반수로 멱을 감은 남동기생들이 반질거리는 얼굴로 삼삼오오 대화를 하는 모습이 싱그럽기까지 하다.

아침 식사. 시원한 생태국물을 후루룩 마시면서 바라보이는 차창 밖. 산자락에 드리운 시허연 운무가 울긋불긋 단풍들과 어울려 한 폭의 멋진 산수화를 펼치고 있었다.

식사 후 대한불교조계종 제9교 구본사 천년도량인 동화사에 들렀다. 경내 왼쪽으로 뻗은 길에는 비에 젖은 붉고 푸른 연등들이 줄지어 늘어서서 오는 이들에게 미소를 던진다.

장엄하게 서 있는 약사여래 통일대불. 세계 최대 석조불상이며 높이는 30m, 1992년에 조성되었다. 좌우에 각각 석등과 석탑이, 뒤에는 금강역사를 위시하여 여러 호법신장이 화강석 벽에 양각으로 모셔져 빙 둘러 서 있다.

불상 오른쪽 화강석 벽에는 봉안 연기문이, 왼쪽에는 조성 경위문이 한글 종서로 음각되어 있었다. 불상 앞에는 통일기원대전이 있어 6개의 대형 유리창문으로 사리를 봉안한 불상을 바라보며 예배, 기도할 수 있도록 되어 있었다. 역사에 길이 남을 불사(佛事)이기에 매우 인상적으로 보였다.

낮 12시. 동화사 근처 전통음식전문점 '고향식당' 에서 산채비빔밥으로 점심을 들었다. 이어 이별을 고하는 폐회사와 함께 박해홍 대구 동기생의 기념타올 증정, '고향의 봄' 을 합창으로 내년의 만남을 기약하며 삶의 터전으로 버스에 올랐다.

은하수를 건너와야 하는 순간이다. 포옹에는 다져진 우정이, 악수에는 재회의 다짐이, 흔드는 손길에는 석별의 아쉬움이 폴폴 날리었다. 누군가 말을 툭 던졌다.

"죽지 말고 또 만나자."

생사가 어디 뜻대로 되는 일인가. 작년에 만나 함께 우정을 나누었던 남동창 1명이 지난 해 12월에 교통사고로 유명을 달리 했었다. 말하는 이도, 듣는 이들도 모두 그 말에 담긴 의미에 가슴이 저려 오지 않았을까. 차창 밖에는 가을이 흐르고 마음 속에는 회포를 풀었던 오작교와 헤어진 견우 직녀들의 얼굴이 흐른다. 좀더 수다를 떨 걸, 좀더 다정할 걸, 좀더, 마음을 열어보일 걸⋯⋯.

우정. 위대한 힘과 순수한 영혼을 지녔다. 우정 앞에는 ∼장, ∼가, ∼인, ∼사, ∼님 같은 호칭은 어떤 의미도 지니지 못한다. 우정 앞에서는 지위고하도 맥을 추지 못한다.

우정 앞에는 빈부귀천이 갈라놓지 못한다. 오로지, 앞집에 살았던 갑돌이, 뒷집에 살았던 갑순이만 존재한다. 이름 석자만으로 우정의 합격증과 친구의 자격증이 주어진다.

내년에 포항 동기생들이 주관해서 다시 만날 때에도 비가 내리려나. 부슬비, 이슬비, 는개가 내렸던 우리들의 만남. 아마도 하늘의 견우와 직녀가 만나서 흘린 기쁨과 슬픔의 눈물이었으리라.

만날 때마다 드리우는
견우 직녀의 눈물

—제5회 영덕중 14, 고 29기 전국동기회—

1년 만에 다시 만나 1박2일에 걸쳐 펼친 우정의 잔치.

2012년 9월 8일 오후 5시 30분. 동해 바닷가 경북 포항시 해병대 청룡회관. 현관 앞에서는 승용차로, 버스로, 전국에서 중로(中老)의 남녀들이 모여들었다. 영덕중 14, 고 29기 동기생 71명(경주 2명, 대구 16명, 부산 3명, 서울 19명, 영덕 11명, 울산 1명, 포항 19명)은 함박웃음으로, 악수로, 포옹으로 상봉의 기쁨을 나누었다.

손에 손잡고 들어선 강당, 단상에 걸린 현수막 내용에 가슴이 저려왔다. '자! 학우들아! 늘 건강한 오늘이 되자'라는 슬로건 양쪽을 장식하는 글자는 상투적인 '환영'이나 '축하'도 아닌 '건강'이라고 아로새겨져 있어서이다. 그렇다. 만난 지 1년 안에 이미 이 세상 사람이 아니거나 건강 때문에 이 자리를 함께 하지 못하는 친구들이 하나 둘 늘어갔다. 건강해야 살고, 건강해야 만나고, 건강해야 우정을 나눌 수 있음이 아니던가!

6시. 우리 동기회 카페지기이자 포항 동기 사무국장인 공상규의 우렁찬 사회 진행에 행사의 막이 열렸다. 식전 행사로 포항 윤완수 시인의 환영시 낭독, 대구 풍물지도강사 박소영 동기가 화사한 미소와 화려한 무용복으로 우리 춤 체조 청춘가를 부채춤으로, 노들강변을 수건춤으로 풀어 한껏 분위기를 들뜨게 했다. 특히 사회자의 엄명에 따라 주최측인 포항팀 전원이 단상에 일렬로 서서 너부죽 큰절을 하는 바람에 박수갈채가 터져 나왔다.

6시 30분. 포항 강문학 부회장의 개회사 선언에 팡파르가 울려 퍼지고 이어 국민의례가 이어졌다. 주최측 포항동기회장 한영권은 환영사에서 "오늘날과 같은 변화 시대에 무변화는 깊은 우정이며 혼자 가면 빨리 가지만 함께 가면 멀리 갈 수 있다"는 의미 깊은 메시지를 던졌다. 이어 서울동기회장 이기성, 대구동기회장 김광식, 부산동기회장 강대석, 영덕동기회장 남중태의 축사에서 한결같이 이번 모임을 "삶의 에너지 충전의 기회", "이해, 용서, 사랑의 만남", "생애의 즐거운 밤", "자아실현의 자긍심 심기", "눈을 감지 못하는 밤"으로 그 의미를 극대화시켰다.

기념으로 단체사진을 찍는데 난데없이 방귀소리가 터졌다. 서로들 돌아보면서 어린이들처럼 키들거렸다. 아마도 누군가 엔도르핀을 선사하여 활력을 불어넣으려고 한 짓일 게다.

7시. 식사 시간. 갖가지 모양과 갖가지 색깔의 화려한 뷔페 음식이 식욕과 활력을 불러 일으켰다. 이윽고 노랫마당. 레크리에이션 전문 강사의 재치 있는 사회와 반주자의 연주에 분위기는 무르익어가고 가창자에게는 상품이 푸짐하게 주어졌다. 노랫소리보다 더 크게 울리는 반주에 옆 사람과 대화를 할라치면 여동창의 입술과 남동창의 귓불이 뽀뽀를 해야 할 판이다. 단상에서 목청껏 소리를 내지르는 사람, 앉아서 단상을 흐뭇하게 바라다보는 사람, 서서 몸을 흔드는 사람, 앞에 나가서

춤을 추는 사람, 자리를 바꾸어 가며 대화를 하는 사람, 열린 마음과 열린 몸으로 해후의 기쁨과 즐거움을 한껏 누렸다.

특히나 감동적이었던 장면은 병마에 시달리고 있는 K 동기가 초극적인 의지와 의연한 모습으로 그 특이한 가창력을 예전처럼 발휘하여 오히려 친구들을 안심시켰다. 그런 마음을 알면서도 모르는 척 억지웃음을 보냈지만 가슴 속엔 슬픔이 흘렀다.

"하늘 높이 날아라. 내 맘마저 날아라. 고운 꿈을 싣고 날아라."

그가 부른 노랫말처럼 그의 기도가 이루어지길······.

아침 6시. 눈을 뜨자마자 베란다에 나가 섰다. 지난 밤, 늦도록 노래하고 담소했어도 일찍 눈이 떠진 것은 바다 위 해돋이를 기대함이다. 그러나 흐릿한 하늘과 바다에는 멀리 군함과 무역선 두어 채가 정박해 있고 항구는 아직 새벽잠에 젖어 있었다.

새벽을 즐기고자 산책로에 나섰다. 새벽은 소리 없는 환희이며 산소처럼 신선하며, 선녀처럼 그윽하였다. 방파제에는 낚시꾼 두어 명이 바다와 세월을 낚고 있고 이른 가을 아침 초목들은 미소를 띠우고 발아래 풀꽃들은 눈웃음을 쳤다. 남동기생들은 8각 정자와 뜰에서 어젯밤 부어라 마셔라 흥에 겨워 밤늦은 떵까떵까에도 오뚝이처럼 일어나 새벽을 마시며 정답게 담소하는 모습이 믿음직하게 보였다.

아침 9시. 식사를 끝내고 3대의 차에 분승하여 관광에 나섰다. 초가을을 적시는 보슬비 속에서 동빈항의 함상공원 초계함 포항함을 견학하였다. 1984년 취역, 2009년 퇴역한 이 군함은 길이 88.5미터, 전장 23미터에 11.78톤이다. 10미터의 좁은 폭 안에 여러 장치와 기기(器機), 칸칸이 작은 방들로 오밀조밀한 구조였고, 시멘트와 나무로 된 주택 자재와 달리 내부가 온통 쇠붙이와 스테인리스로 만들어져 있는 것이 눈에 뜨였다. 난생 처음으로 군함에 타 보는 들뜸도 잠깐, 이 함정이 천안함과 똑같은 형태라는 것과 한 곳에 마련된 추모실에는 천안함 46명 전사자의 사진이 진열되어 있어 새삼 그 날의 울분이 솟구쳤다.

포항의 호미곶. 새천년 박물관을 위시하여 최초의 국립등대박물관, 해맞이 광장을 두루 돌아보았다. 바다의 지킴이 등대의 박물관에서는 사람 키보다 더 큰 높이로 밤바다를 밝혀주는 대형 등명기(燈明機)들을 실제로 볼 수 있어 참으로 반가웠다. 저 등불이 바다와 선박과 사람을 지키듯이 우리네 인간들도 저 등명기 같은 존재로 살아야 하지 않을까. 옥상 전망대에서 바라다본 바다는 빗속에 잠들어 있고 해맞이 광장의 꽃인 '상생(相生)의 손'은 오른손은 바다에서, 왼손은 육지에서 서로를 간절하게 부르고 있었다.

오후 1시. 인근 음식점 '포항 생아구 물곰탕'에서 얼큰하고 걸쭉한 아귀찜을 먹으며 폐회식을 겸하였다.

오후 1시 30분. 제각기 삶의 터전으로 돌아가야 하는 시간. 1년 후 영덕에서 상봉할 것으로 위로로 삼으면서 승차하였다. 차창 밖으로 흐르는 고향 친구들의 정다운 얼굴, 뭔가 아쉽고 미진하고 미련을 담은 저 얼굴들이여, 꿈엔들 잊힐 리야. 타향으로 떠나가는 우리 출향인들을 차창 밖에서 따라오며 진분홍 미소로 배웅하는 저 배롱나무의 연연한 자태여, 꿈엔들 잊힐 리야.

상경 중 고속도로 휴게소에 들러 정자에 둘러 앉아 주최측에서 챙겨준 가자미찜, 고향 사과, 복숭아, 포도, 과자, 맥주, 막걸리와, 또한 참석은 못했어도 서울 동기 유광렬이 기념 타올에 마음을 담아 보낸 것하며, 포항 일부 동기들이 십시일반으로 사다준 건멸치를 바라보며 이것이 인정이고 우정이구나 하며 감격하였다.

동향(同鄕)과 동문수학(同門受學)과 동창(同窓)이라는 필연으로 비롯된 우리의 만남은 우연이 아니다. 우리가 만날 때마다 내리는 비도 우연이 아니다. 만남과 비, 상봉의 눈물이요, 석별의 눈물이다. 2008년 6월 28일 거창에서의 주룩비, 2010년 8월 28일 양평에서의 부슬비, 2011년 10월 22일 대구에서의 실비, 2012년 9월 8일 포항에서의 보슬비, 속곡 모임 때(2009년 8월 22일)만 제외하고 우리들이 만난 해와 계절과 절기가 다른데도 비님이 찾아왔다.

그 비는 하늘의 견우와 직녀가 1년에 단 한 번 오작교에서 만날 때 흘리고, 헤어질 때 흘렸던 눈물이었듯, 땅에서는 나는 직녀고 너는 견우인 우리가 1년에 단 한 번 약속의 장소에서 만날 때 흘리고 헤어질 때 흘렸던 눈물이 아니겠는가!

회자정리(會者定離), 거자필반(去者必返). 만남은 곧 이별을 뜻하고 이별을 곧 만남을 뜻하기에 비록 눈물 속에 헤어져도 실망하지 않는다.

돌아오는 차창 밖으로 1박2일의 사랑과 우정의 잔치가 주마등처럼 흐른다.

6

교단(教壇)의 뜨락

정치에 이용당하지 말고, 이념에 휩쓸리지 말고,
진정한 문학 냄새가 나는 좋은 글을 써라.
가슴으로 글을 쓰고, 그 영혼의 향기가 사람들에게 힘과 용기를 주고,
삶의 자세를 가다듬게 하는 지침서 같은 글을 계속 써라.

생(生)은 눈물의 힘으로 깊어진다네

나는 지금 40대 남 제자가 준 그의 자전적 장편소설에 밑줄을 그 어가며 읽고 있다.

그러니까 보름 전이었다. 결혼식장에서 우연히 대학 후배이면서 같이 근무한 적이 있었던 옛 직장 동료 국어과 여교사를 만났다. 그녀는 반색을 하면서 물었다.

"그 유명한 〈연탄길〉의 작가 이철환을 아세요?"

"몰라, 우리나라 소설가가 어디 한두 사람이야?"

"선생님 제자라는데도 모르세요?"

사연인즉 며칠 전에 그녀가 몸담고 있는 동국대부속중학교에서 그 학교 출신 소설가를 모시고 문학 강연회가 있었는데, 한 학부모가 질문을 했단다.

"어떻게 해서 문학의 길을 걷게 되었습니까?"

작가의 대답이, 중학교 2학년 때 '김경남'이라는 국어 선생님이 하루는 자기를 불러서 일기를 잘 썼다고 칭찬하시면서 학교 신문에 실어도 되겠느냐고 물어보셨고, 그 글이 신문에 실렸으며, 또 교내 백일장 때 쓴 글이 '가작'으로 뽑혀 상도 탄 적이 있었다는 것이다. 그렇게 글 솜씨를 인정받은 것이 계기가 되어 훗날 작가가 되기로 결심한 것이라고 하였다 한다.

들고 나니 미안했다. 그 제자는 아직도 나를 기억하며 들먹이는데 나는 그의 이름도, 얼굴도, 그런 내용도 기억하지 못해서이다. 글을 잘 썼던 학생은 따로 불러다가 칭찬을 해 주거나, 잘 쓴 글을 낭독해 주었던 적이 많았기 때문이다. 그래도 교사의 한 마디 말이 제자의 인생길을 결정하는 데에 큰 영향을 주었다는 점에서 가슴이 뿌듯해져 왔다.

한 번 만나야겠다는 생각을 하였다. 작가 이철환의 삶과 문학을 조금이라도 알고 가야 예의인 것 같아 인터넷으로 검색을 했다. '이철환', 그의 이름은 굵은 고딕체로 방방 뜨고 있었다. 인물, 카페글, 블로그, 이미지, 웹문서, 동영상, 뉴스, 지식, 게시판에도……. 〈연탄길〉, '이 세상에 자전거 길도 있고, 자동차 길도 있고, 아스팔트길, 빙판길도 있는데 왜 하필이면 연탄길이람?' 하면서도 읽지도, 보지도 못한 책의 제목에서 고된 삶과 서민의 애환이 묻어남을 느꼈다. 1,2,3,4편이 나오도록 도대체 어떤 내용으로 360만 명의 심금을 울렸을까?

그의 가난은 글을 낳았고, 그의 아픔은 감동적인 글을 낳았던 것 같았다. 그의 글은 얼음 같은 인심, 쇠붙이 같은 세상, 레이저 광선 같은 세태와, 내가 창이 되면 네가 방패가 되고, 네가 창이 되면 내가 방패가 되어야 하는 이 생존경쟁의 시대에서 얼음과 쇠붙이와 레이저 광선을 녹이고, 창과 방패를 버리게 하는 역할을 한 것 같았다.

나는 그가 자랑스러워졌다. 어려서는 교사 한 사람의 영혼을 감동시키더니, 어른이 되어서 수백 만 인간의 영혼을 감동시켰으니 그가 얻은 명성은 필연이며 유명 작가라는 세간의 인증은 어찌 당연한 찬사가 아니겠는가.

가을이 스러져 가는 11월 초순, 드디어 만났다. 34년 만에, 28살의 처녀 선생과 15살의 앳된 남학생이 61살의 노교사와 48살 장년의 나이로 대면한 것이다. 내 근무처를 찾아온 철환을 태우고 분당의 한 음식점에서 따뜻한 밥을 함께 먹었다. 고된 삶에도 불구하고 그의 해맑은 눈동자와 선량하고 겸손한 표정에서 그가 인생을 얼마나 정갈하게 살아왔고, 그의 영혼이 얼마나 순결한가를 알 수 있었다.

우리는 율동공원을 거닐며 과거와 현실과 문학과 삶을 이야기했다. 헤어질 때 그는 최근에 펴낸 《눈물은 힘이 세다》라는 소설 한 권을 내게 주었고, 나는 이순 나이에 펴낸 첫 수필집 《종이 속 영혼》을 건넸다.

그로부터 며칠 후인 오늘, 나는 그의 제자라도 된 것처럼 그가 준 책에 밑줄을 그어가며 읽고 있는 것이다. 마지막 문장은 이러하였다.

"겨울은 눈 내리는 밤으로 깊어지고 생(生)은 눈물의 힘으로 깊어진다."

그날 나를 만나 내 눈을 바라보며 그가 한 말이 떠오른다.

"그 때 저를 불러 일기를 보시며 하신 말씀을 기억하세요? '너의 글에는 진실이 있다' 라고 하셨습니다."

'진실이라, 그래, 이 잘난 선생은 다달이 받은 월급으로 밥걱정 없이 살면서, 소질도 없고 50대에 등단한 주제에 수필을 쓰네, 평론을 하네 하면서 되지도 않는 글을 긁적이고 있을 때, 전업 작가인 너는 눈물 젖은 빵을 먹으면서 영혼의 글을 썼구나.'

제자는 유명작가, 스승은 무명작가. 그래도 스승이랍시고 목에 힘을 주고 제자에게 해 줄 수 있는 말이 무어라도 있어야 하지 않았겠는가. 옛날처럼 글을 잘 썼다, 못 썼다 할 수도 없고 다음과 같이 말해 주었었다.

"정치에 이용당하지 말고, 이념에 휩쓸리지 말고, 진정한 문학 냄새가 나는 좋은 글을 써라. 가슴으로 글을 쓰고, 그 영혼의 향기가 사람들에게 힘과 용기를 주고, 삶의 자세를 가다듬게 하는 지침서 같은 글을 계속 써라."

교직 생활을 접으며

어찌 보고 싶지 않으리오!

길다랗게 뻗은 학교 5층 건물. 긴 복도를 걷고 계단을 오르내리며 교무실과 교실을 오가던 동료교사들. 봄, 여름, 가을, 겨울 계절 따라 한 폭의 수채화가 되었던 운동장. 5천 평이나 되는 그 곳에서 치맛자락을 펄럭이며 팔랑개비처럼 뛰어 놀던 십대 소녀들. 학교의 파수꾼인 양 담벼락을 에워싸고 묵묵히 서 있던 느티나무와 무궁화, 은행나무, 목련, 단풍나무….

어찌 잊을 수 있으리오!

1년 열두 달, 교실에서, 교정에서, 강당에서, 복도에서, 혹은 야외에서 베풀어졌던 울긋불긋 찬란했던 교육 행사들! 이른 봄, 새 마음을 다지는 수련회를 위시하여 과학의 날 행사. 신록이 드리워지는 5월에는 부처님 오신 날을 기념하는 제등행진, 연등 만들기, 연등 달기, 자비의 쌀 모으기, 불우이웃돕기, 탑돌이, 백일장, 법요식, 미술실기대회 등 각종 행사들과 여러 경시대회. 낙엽 빛이 도는 10월이면 체육대회, 계발

활동의 총결산인 샛별잔치의 가요제, 방송제, 작품전시회, 작품발표회, 바자회….

어찌 귀엽지 않으리오!

"학교에서 제일 즐거운 시간은?" 하고 물어보면, "점심시간이요!" 하면서 일제히 합창하다시피 고 귀여운 주둥이를 내밀던 모습들….

어찌 밉지 않으리오!

행동이 잘못 되면 지적을 하고, 두 번째는 일러주고, 세 번째는 엄포를 놓아도 무얼 믿는 데가 있는지 또 다시 옆길로 가려 하고 샛길로 빠져 드는 저 어리석은 배짱들….

어찌 대견하지 않으리오!

스승께 드리는 편지에서 배움의 소중함도 알고, 가르침에 대한 고마움도 알고, 스승에 대한 신뢰와 존경심을 아직 간직하고 있는 그 순진하고 순수한 마음….

어찌 사랑스럽지 않으리오!

수업 시간이면 스승의 얼굴을 빤히 쳐다보고, 칠판도 바라보면서 앎에의 동경심과 호기심으로 반짝이던 눈빛과 얼굴빛….

이제는 그 모든 것이 추억의 창고에서 숨 쉬고 있다. 가만히 생각해 보았다. 학생들에게는 과연 학교가 무엇이었을까? '오고 싶은 학교', '가고 싶은 학교'라는 구호에는 고개를 가로 흔들 것만 같다. 한 생각을 문득 돌려 본다면 학교란 마음껏 뛰어놀 수 있는 넓은 교정이 있어 좋고, 수백 명의 동갑내기 또래가 있어 골라잡아 벗할 수 있고, 교우와 수다를 떨 수 있는 교실과 복도가 있고, 눈만 들면 푸른 하늘이 있어 푸른 꿈을 꾸게 할 수 있는 곳이 아니던가?

'지긋지긋한 시험'이나 '무서운 선생님' 때문에 학교가 싫을 수가 있을 것이다. 그러나 시험이 없고 선생님이 없다면 그건 놀이터나 낙원이지, 학교가 아니며, 앙꼬 없는 찐빵이지 않은가?

'쓴 것은 약이 된다'는 말이 있다. 점점 단맛만 추구하고 따라서 단맛만 발전하고 있는 세상과 시대에 살고 있다. 보약이 쓰고, 옳은 소리가 쓰고, 부모님과 선생님의 잔소리가 쓰다. 쓴 것을 삼키고 달게 먹을 수 있는 사람이라야 자신을 성장시키고, 발전시키고, 자신을 극복할 수 있는 사람이 될 수 있으며, 아울러 시고 맵고 짠맛까지 받아들이는 그런 깨달음이 학생들에게 주어졌으면 싶다.

아! 교육이여, 사랑의 매를 지칭하는 교편(敎鞭)도 사라지고, 교육자의 권위를 높여주던 교단(敎壇)도 사라졌다. 단지 교재를 올려놓는 교구인 교탁(敎卓)만이 존재하는 교육 현장이고 교육 현실이다. 그러나 체벌이라는 교육 수단이 사라진 이후에도 교육자들은 늘 체벌을 한다. 마음 속으로 늘 체벌을 한다. '사람이 되어라. 사람이 되어라'고 되뇌면서.

오! 교사들이여, 알아주지도 않는 훈장(訓長)이라는 훈장(勳章)을 달고 묵묵히 교육하고 있는 이들이여, 조령모개(朝令暮改)하던 교육정책과, 오늘 다르고 내일 또 다른 교육 현상에 교사들은 울고 웃었다. 그래도 그들은 명예롭고 자랑스러운 무명의 용사임을 잊지 말아야 한다. 전쟁터 선두에 서 있는 장군은 비록 작전과 지휘에는 능할지라도 실제로 싸우고 공을 세우는 자는 이름 없는 병사들인 것처럼 말이다.

이제 30여 년 교육을 접으면서, 교편을 놓고, 교단에서 내려오고, 교탁에서 비켜섰다. 그러나 내 머리와 가슴 속에는 평생토록 나다니엘 호돈(Nathaniel Hawhtorne, 1804~1864)의 〈주홍글씨〉가 아닌 '황금글씨'가 아로 새겨져 있을 것이다.

'그대는 영원한 교육자이니라.'

교육자의 노래

교육은 피륙.
교사는 푸른 씨줄, 학생은 하얀 날줄
교육은 교차로.
스승의 하얀 가르침 제자의 푸른 배움.

더 많이 가르쳤기에 말할 수 있습니다.
교육은 인간을 만듭니다.
입을거리, 먹을거리, 잘거리를 만들지 않습니다.
가장 순수하고, 가장 숭고하고, 가장 보람 있습니다.
어디, 이보다 더 멋진 영혼의 직업이 있다면
나와보라고 외쳐 보십시오.

삶을 더 살았기에 말할 수 있습니다.
삶은 사람을 속입니다.
사랑에 살고 정치에 살면서, 사랑에 속고 정치에 속고 삽니다.
그래도 실망을 젖히고 희망을 바라보아야 하는 이유는
삶은 현재이지만 미래지향적이어야 하는 까닭에서입니다.

교육을 접는 자로 당부합니다.
모든 현상은 수시로 변하고
무릇 상이 있는 것은 다 허망한 것이기에
생과 멸을 여의고
상이 상 아님을 깨치는 이치로
저 교육의 강에 넘실거리는
온갖 희로애락을 뛰어넘어
인간 개조, 인간 창조의 넓은 바다에 이를 수 있도록
매진해 주십시오.

학생들에게 보내는 메시지

겨울의 차가운 밤 기운 속에서, 고즈넉이 제 몸을 태우는 촛불을 바라보면서, 우리는 이제, 자신을 돌아보는 시간으로 가지게 되었다.

사랑하는 제자들이여!

우리는 잠시, 정든 교정과 하루도 떠나지 않았던 사랑하는 부모님 곁을 훌훌 떠나 와, 여기, 이 먼 곳에서, 수련이 주는 의미를 되새기며, 마음과 몸의 새로운 탄생을 위해 서 있는 것이다.

사랑하는 제자들이여!

삶이란, 인생이란 무엇인가를 생각해 보자. 내 인생은, 아무도 봐 주지 않는 들판에서 아무렇게나 생겨지고 자라나는 이름 모를 들꽃 같은 인생이 아니다. 부모님의 자비로운 손길이, 스승님의 애타는 눈길이, 이웃의 따뜻한 격려가 늘 함께 하는 가운데에서 피어진 고귀한 꽃 같은 인생인 것이다.

그러므로 내 인생은 우연이 아니고, 필연이어야 하며, 가식이 아닌 진실이어야 하며, 환상이 아닌 현실이어야 하며 낭비가 아닌 창조이어야 함을 잊지 말자.

자기 인생에 대한 냉철한 자각으로, 책임과 의무를 다하고, 자기 인생에 대한 준엄한 비판력으로, 더 값어치 있고 향기로운 인생을 연출해 가자.

사랑하는 제자들이여!

순수한 꿈을 꾸며 살자. 풀고, 곱고, 순결하고, 진실한 꿈만을 꾸면서 살자. 눈은 아름다움 것만 보게 하고, 귀는 늘 맑고 깨끗한 소리만 듣게 하고, 입은 늘 향기로운 말만을 하게 하며, 내 영혼과 육신을 감싸고 도는 빛은 늘 푸른 빛으로만 가득 채우게 하자.

사랑하는 제자들이여!

감사하고 사랑하자. 내 생명이 어디에서 비롯되고, 오늘의 이러한 내가 누구에게서 비롯되었는가를 생각해 보았다면, 감사의 이유를 따지지 말고 감사하자.

내 한 몸에, 햇살같이 쏟아지는 사랑과 관심의 눈길을 나를 구속하는 속박으로 잘못 아는 어리석음으로 알아 자신을 망치려 들지 말고, 순종하며, 감사하며, 사랑하며, 감격하는 태도를 지니자.

사랑하는 제자들이여!

이제 촛불을 꺼야 하는 시간이 왔다. 우리는 부처님을 사모하여, 배우고자 자라나는 어린 연꽃이다. 한 송이 꽃을 피우기 위해 진흙의 수렁 속을 뚫으며, 위로 솟아나면서도 털끝만큼의 진흙도 묻히지 않는 그 깨끗하고 고아한 자태를 배워 나의 인생을 찬란하게 꽃피우자.

(낭독 : 1986. 12. 15. 캠프파이어 시간)

제자들을 위한 기도

부처님,

오늘도 하루가 시작되었습니다. 이 가을 아침에 우리의 사랑하는 제자들을 위하여 무엇을 기도할 것인가 하고 생각해 봅니다.

어느 시인이 쓴, 시의 한 구절이 생각납니다.

"한 송이 국화꽃을 피우기 위해/ 봄부터 소쩍새는 그렇게 울었나 보다."

부처님,

우리의 제자들을, 한 송이 국화꽃을 피우기 위해서 봄부터 울고 있는 소쩍새로 비유해 봅니다. 간절하게 울었기 때문에 그 한 송이 국화꽃은 성취된 이상이나 도달된 꿈이기도 하겠습니다. 또한 간밤에는 무서리가 하염없이 내리고 밤새도록 천둥이 울은 것도 아이들의 꿈이 영글게 되기 위한, 시련과 역경으로 볼 수가 있겠습니다.

인간에게 있어 시련이란, 마치 차가운 물에 뜨거운 쇠를 담그는 담금질 같은 것이 되기도 합니다. 그러기에 우리는 우리에게 몰아닥치는 시련과 고난을 기꺼운 마음으로 인내하고 극복할 줄도 알아야 하고 그 시련이나 극복을 자기 발전이나 성숙의 기회로 잡을 줄도 아는 삶의 지혜로움을 함께 지녀야 할 것입니다. 부처님께서 말씀하신 것처럼 원인 없는 결과가 없듯이 까닭 없는 시련과 까닭 없는 성공이나 보람이 있을 수가 없습니다.

부처님,

우리 어른들은 어린 제자들을 온실 속의 어린 꽃으로, 때로는 위험한 폭발물로 보기도, 그리고 더 많은 성숙을 요하는 미숙함 존재로 보는 데 대하여, 우리들의 어린 제자들은 자신들을 독립성과 자율성을 넉넉히 갖추고 있는 성숙한 인간으로 보고 그렇게 행동하고자 합니다. 그러므로 가정에서의 부모님의 지극한 사랑의 손길과 학교에서의 지극한 배움의 손길을 외면하고 싶어 합니다. 무한한 가능성을 지닌 아이들이기에, 많은 문제점을 가지고 있는 아이들이기에, 어쩌면 더 따뜻한 손길을 필요로 하는 것인지도 모릅니다.

그러한 그들이기에, 끝없이 부어지는 부모님과 스승의 손길을 거부하지 않는 몸짓으로 넉넉히 받아들일 줄 아는 아이들이 되게 해 주십시오.

부처님,

이 가을에, 무서리가 내리고, 천둥이 울고, 소쩍새가 오랜 세월을 울어 와서 피어낸 한 송이 국화꽃처럼, 우리 명성의 아이들이 긴긴 어둡고 괴로운 시련과 고난을 인고의 눈물로 이겨 내어서, 자신들의 바라는 바 소망이 고운 꿈, 푸른 꿈, 맑은 꿈으로 피어날 수 있도록 늘 지켜 봐 주실 것을 이 가을 아침에 발원합니다.

나무석가모니불 나무석가모니불 나무시아본사석가모니불.

(발원문 낭독 : 1991. 10. 8. 5분 방송)

축시

축복의 기도
―개교 80주년에 부쳐―

여기,
부처의 눈길이 머물고 손길이 드리운 곳,
작은 불국토가 있나니
이름하여 동국대사대부속여자중학교이어라.

1930년 6월 20일.
종로구 수송동
배움의 문을 열었나니 이름하여
명성학원.

1969년 8월 18일.
성동구 구의 벌판에 새 배움터를 일구었으니,
질펀한 논바닥이 교정으로,
개천바닥이 통학로로 변했도다.

뿌리고 또 뿌린 소금이 흙 속에 스며들고,
오가는 학생들의 발길로 다져진 41년 세월의 교정.
봄에는 목련꽃, 등꽃 향내가 그윽하게 흩날리고
여름에는 연꽃이 우아하게 미소짓고
가을에는 은행잎이 노란 웃음을 날리고

겨울에는 하얗게 쌓인 눈이 눈부시도록 시리고 시린 곳.

시대는 변해도
영원한 교육 이념,
홍익인간.

스승은 씨줄 되고
학생은 날줄 되어
고운 마음 옳은 행동으로
자비를 심고 지혜를 키우며
연꽃 닮은 학교, 주목 닮은 교육으로
한결같이 하루하루 백년 교육 다져옴이여.

아아! 80년 세월의 강에는
가르침과 배움으로
기쁨과 슬픔과 즐거움과 애달픔이 굽이굽이 흘렀어도
교정을 감싸 돌며 서 있는 저기 저 느티나무들,
나이테의 늙은 미소
학교의 뿌리와, 역사와, 전통을 일러주고, 교육의 발전과 비전까지도
넉넉히 증명하고 있도다.

이제,
그대 동국대사대부속여자중학교여.
붉은 정열과 푸른 희망을 머금은 꿈나무들이
맑고 밝은 세상을 펼치려고 하는
저 싱그러운 날갯짓을 오래오래 지켜보아 주소서.

물을 스스로 먹는 말이 되어라

30여 년 국어를 가르친 죄로 왕왕 학부모나 학생들에게서 "어떻게 하면 국어 공부를 잘 할 수 있느냐?"라는 다급하고 애처로운 질문을 받을 때는 당황해진다. 말을 물가에 데려갈 수 있어도 물을 먹는 것은 마부가 아니다. 결국 교사나 학부모는 마부의 역할을 연구해야 하며, 학생은 말이 되어 물을 먹겠다는 의지를 스스로 다지는 결심이 필요하다.

첫째, 국어 교과의 특성을 이해해야 한다. 문자 언어로 된 것이 국어이다. 문자 해독은 국어 공부의 첫 걸음마이다. 즉 독해의 능력을 키우는 것이다. 그 능력은 어디에서 길러지는가? 책 읽기에서 얻어진다. 책을 많이 읽는 것도 좋지만 책을 정독해야 한다. 수박 겉핥기식의 책읽기로 어찌 수박의 맛과, 속의 빛깔과, 수박씨의 모양과 고유한 멋을 알 수 있겠는가? 바위를 뚫을 듯한 눈빛과 눈 힘으로 글을 독파하고, 그 글 뜻을 쪼개고, 종합하고, 비판하고자 한다면 저절로 글의 정체를 이해하게 될 것이다.

둘째 사고력이 필요하다. 그 능력은 어디에서 길러지는가? 많이 보고, 많이 느끼고, 많이 생각해야 한다. 사물을 지나쳐 보지 말고 애정의 눈으로 바라보기이다. 그러면 그 사물이 나에게 말을 건네고 어떤 텔레파시를 주게 되는데 그걸 읽을 수 있게 된다.

예를 들면 '걸레'가 하나 있다. 보통 사람들은 그저 '더럽다'라고만 생각해 둔다. 애정의 눈으로 한참 응시하면 걸레는 다음과 같은 말을 해 올 수 있다. '더러워진 까닭, 깨끗이 빨아달라는 부탁, 나처럼 살지 말아라는 삶의 교훈, 자신의 운명 등등'. 사물에게서 무언가를 느끼지 못했다면 나의 바라보기는 덜 성숙하였다고 생각해야 한다. 사고력이 길러지면 자신의 생각이나 느낌을 남다르게, 색다르게, 효과적으로 표현하는 말하기 능력과 쓰기 능력을 크게 확장시킬 수 있게 된다.

셋째, 밑줄 긋기를 아예 습관화한다. 읽어가면서 중요한 부분에 그때서야 볼펜을 잡고 밑줄을 긋는 것이 아니다. 먼저 볼펜을 잡고, 읽기 시작하면서부터 보물을 찾듯이 제재, 핵심어, 핵심 사상, 중요한 문장, 의미심장한 구절, 감추어진 속뜻, 인용문에 밑줄이나 두 줄 밑줄, 동그라미나 세모나 네모곽 등 색색의 형광펜으로 표시하는 습관을 지닌다. 이것은 공부하는 의지와 자세를 확고하게 해 주면서도 한눈에 글 전체가 이해되는 효과를 가져 온다.

넷째, 외울 것을 구분하여 반드시 외워 둔다. 사고력과 독해력으로 이해 능력은 키워지겠지만 국어지식, 문학 이론과 지식, 어휘력, 한자어, 문법 지식, 고전 상식, 수사법 등은 철저하게 암기한다. 컴퓨터의 '저장' 기능처럼 머릿속에 영원히 저장해야 한다.

완벽한 100점 얻기가 어려운 까닭은 국어라는 과목이 문장 이해와, 지식 암기와, 자기 표현을 함께 아우르기에 있다는 점을 늘 기억할 필요가 있다.

제자의 아부 편지

경남 선생님께

선생님, 안녕하세요? 저는 선생님의 물 같은 제자 정주입니다.

선생님께서 국어 선생님이시지만 굳이 맞춤법이나 제약에 맞추지 않고 제 모습 그대로를 담고자 하니 양해해 주시면 감사드리겠습니다.

선생님, 저는 이런 편지를 쓸 때 편지를 받을 사람의 이미지를 떠올려 그에 맞게 또는 정성으로 솔직한 제 마음을 다 담으려고 합니다. 선생님과 가장 잘 어울리는 색으로 장식하려 하는데 과연 선생님 마음에 드실지 모르겠어요.

선생님을 표현하기는 힘든 것 같아요. 보수적이나 때론 모든 고정관념을 무너뜨리는 파격적인 면과 불의를 참지 못하는 정의의 용사 같은 느낌도 드는 묘한 감정에 휩싸이게 하는 분이시죠.

길들여지지 않은 듯하면서도 많은 지식을 지니고 계신 선생님을 뵈면 어떤 면이 진짜일까 신비롭기까지 합니다. 제게 고향 같은 풋풋함과 구수함을 맛보게 하셨던 선생님의 수업은 제가 잊지 못하는 수업이었습니다.

가장 흥미로운 수업시간을 제공해 주시고 우리가 살아가면서 알아야 할 필수 교양들도 세심한 배려로 가르쳐 주신 선생님은 살아 있다는 느낌을 확연히 느끼게 하신 분이셨죠. 생동감으로 어우러진 선생님은 제게 꿈을 가지게 하시며 희망을 주신 분인 것 같아요.

처음으로 배움의 소중함을 눈 뜨게 해 주신 이슬 같은 영롱함…. 어쨌든 제게 가장 신비로운 베일에 감싸게 하신 분인 듯해요. 전 선생님을 존경하고 1년 동안이라 아쉽지만 감사했습니다.

선생님을 영원히 잊지 않는 정주 드림

추 : 1980년대 중학교 3학년 여학생이 쓴 것임.

7

칼럼(Column)의 뜨락

제왕(帝王)의 반지
본능(本能)에 절은 삶
내가 헛되이 보낸 오늘은

국가의 안위가 곧 나의 안위이며
나의 안위가 곧 국가의 안위와 다르지 않음을 알고 있기 때문이다.

제왕(帝王)의 반지

드디어 박근혜호가 출범하였다. 선실은 승객들로 가득 찼다. 선장은 자질과 역량을 겸비한 배의 선장이면서도 인간선장이 되어야 한다. 인간으로서 갖추어야 할 여러 덕목과 넓은 경륜, 섭력으로 얻은 지식과 지혜, 탁월한 지도력으로 방향타를 잡아야 한다. 선장은 승객들을 안전하게 이상향이나 목적지에 데려다 줄 의무가 있고 승객들은 그곳에 다다를 권리가 있다. 승객들은 '세금'이라는 물질과 '신뢰'라는 마음도 이미 승선료로 지불하였다.

멀고도 긴 항해에는 날씨가 얌전하지만은 않을 것이다. 때로는 풍랑이 일어나기도 하고 파도가 덮치기도 하고 해일이나 쓰나미도 염려해야 하며 암초도 피하고 마(魔)의 버뮤다 삼각지대도 피해 가야 한다. 만약에 배가 풍랑과 파도를 만나 기우뚱한다면 갑판에 나와서 인재(人災)니, 천재(天災)니 하면서 시비를 일삼을 일이 아니다. 풍랑과 파도를 헤치고 나아가게 되면 공치사를 멀리하고 서로 기쁨을 나눌 일이다. 적군이 아닌 다음에야 승객 중에서 혹여 자신이 탄 배가 난파되기를 바라는 못된 사람은 없을 것이다.

　대선 당시를 회상한다. 어떤 이들은 미혼녀인 그녀를 "모성애를 모른다"며 운운하였다. 아이가 있는 기혼 남성들은 부성애를 지닌다. 아이를 낳아 본 직접 경험은 없다. 그러니 아이를 낳아 보지 못한 여성은 모성애를 모른다는 명제는 성립되지 않는다. 그녀의 미소를 느껴 보라. 모성애 이상의 미소이다. 한없이 자애로운 어머니의 미소이며, 그윽한 보살의 미소이며, 끝없이 겸손한 인격자의 미소이다. 모나리자의 미소는 신비의 미소지만 그녀의 미소는 자애의 미소이다. 국가, 정치, 이념, 종북이 무엇인지도 잘은 모르면서도 그녀의 미소를 믿고 한 표를 던진 유권자가 있지 않았을까?

　또 누군가가 박근혜 후보를 일러 "생식기만 여자이다"라고 하였다. 이 발언은 나 또한 생식기가 여자인 '나'부터 흥분시켰다. 성폭행에 버금가는 못된 언어폭행이며 인격폭행이 아닌가! 입장을 바꾸어 보자. 여성이 어떤 남성을 보고 "생식기만 남자이다"라고 말하였다면 그 말에 기분 좋아할 해당자와 남성들이 있을까? "성(性)만 여성이지…"이라고 점잖게 말하면 어디가 덧날까. 이런 막말은 비하(卑下)나 자칫 비어(卑語)로 들릴 수 있어 모욕감으로 발끈하는 여성들이 있을 수 있다.

　어떤 사람들은 그녀를 일러 "카리스마가 없다"라고 평가한다. 그녀는 문학가이다. 한국문인협회와 국제펜클럽 한국본부, 한국수필가협회 회원에 수필가로 어엿이 등록되어 있다. 1993년에 신인문학상을 받았고 그 해 자전적 수필집《평범한 가정에 태어났더라면》을 펴 낸 이후 여러 권의 수필집과 자서전도 썼다. 말이 곧 글이며 그 글이 곧 그 사람이며 인품이라는 것을 잘 아는 사람이다. 하여, 문학가 박근혜는 지극히 말을 아낀다.

　정치가의 말과 행동에 담긴 카리스마가 천 냥의 무게로 사람의 운명이나 큰일을 좌지우지하거나, 세 치 혀가 사람을 찍는 도끼로 둔갑하여 해칠 수도 있는 것을 잘 아는 사람이다. 말의 홍수 속에서 그녀가 휩쓸려 떠내려가거나 소용돌이에 빠져들지 않는 것은 소리언어, 문자언어를 다루는 문학가라는 점과 내공으로 다져진 인생역정에서 온 것이라고 말할 수 있다.

혹여 박근혜 당선인이 대통령이 된 것을 못마땅하게 여기는 사람들은 속담을 들어 비아냥할 것이다. "암탉이 울면 집안이 망한다"고, 사실은 암탉이 울어야 달걀(닭알)이 생기고 그 알이 다시 닭으로 태어나거나 주요 식재료가 된다. 그런 생산적 창조성은 외면하고 울음의 경망성만을 강조한 말이다.

그렇다면 수탉이 울면 어떻게 될까? 다음과 같이 말할 수도 있을 것이다. "수탉이 울면 세계가 망한다"고. 실례로 세계 2차대전을 일으킨 독일의 히틀러는 세계를 망칠 뻔했다. 21세기 지금도 이상야릇한 남성 정치가가 몇 있어 세계 평화를 위협하고 있지 않은가? 여성을 폄하하며 남성우월주의에 젖은 일부 남성들이여, 집안과 세계가 망하는 것 중 어떤 것이 더 큰일인가?

희망과 설렘으로 아침을 맞는 나날이다. 과거에도 대선을 치룬 그 다음날부터 당선인이 누가 되었든 새로운 희망으로 눈을 떴다. 국민들은 대통령의 헛기침도, 하품도, 코고는 소리도, 우스갯소리도 용납하지 않는다. 대통령은 완벽한 인간의 모습으로 무장을 하고 완벽한 존재로서의 의무를 다해 주기를 국민은 당연하게 기대하는 것이다. 사람은 희망과 소망으로 산다. 인간에게 있어 희망과 소망은 삶의 배터리이며 구원투수이며, 생명수이다. 희망에 낙관도 비관도 하지 말자. 희망하는 그 순간 벌써 삶에의 기운과 의지가 솟구치고 그 활력으로 우리네 삶은 영위되어 나가는 것이다.

나는 글쟁이라서 상상의 나래로 희망하고 소망한다. 국가 원수는 막강한 권력에 취해 자신을 돌아보지 못하거나 잘잘못을 모르거나 보지 못할 때가 있다.

옛 동화에서 주인이 잘못하였을 때 반지는 주인의 살을 찔러 경각심을 주었다고 한다. 그런 반지가 있다면 그의 손가락에 끼워주고 싶다. 현대는 정치와 대통령에 대해서 TV, 라디오, 신문, 방송, 잡지, 영화 같은 매스 미디어가 반지 역할을 대행하고 있다. 이 외부적 감시와 평가가 자칫 국론 분열과 이념 대립과 지역갈등을 불러일으키는 소지나 결과로 나타나기도 한다. 그러기 전에, 국정 운영을 잘못하고 있는 그의 살을 반지가 콕콕 찔러대어 그가 솔선수범으로 이상적인 정치 구현에 힘쓸 수 있도록 경고해 주기를 바라고 있다.

나는 국민의 자격과 입장에서 이 글을 쓴다. 그러나 정치를 잘 모른다. 사실대로 말하자면 내가 몸담고 있는 나라의 정치판도(版圖), 정치 현실, 상황에 적잖은 실망감으로 관심을 두지 않아서이다. 그래도 애써 관심을 가져야 하는 까닭이 있음을 알고 있다. 국가의 안위가 곧 나의 안위이며 나의 안위가 곧 국가의 안위와 다르지 않음을 알고 있기 때문이다.

본능(本能)에 절은 삶

강 보에 싸인 아기는 제왕이다. 울음 하나만으로 할아버지, 할머니, 아빠랑, 엄마를 제압한다. "으앙" 하는 사이렌 소리에 이 방, 저 방에서 온 식구들이 다 튀어나오고, 코잠이 들 때면 온 식구들이 숨조차 쉬지 못한다. 배가 고프면 울기만 하면 되고, 젖이나 우유를 빨랑 대령하지 않으면 발차기를 하며 바가지 깨치는 소리만 내면 된다. 잠이 오면 칭얼칭얼 성질을 내면 되고, 놀고 싶으면 말똥말똥 눈만 굴리면 된다. 어떤 잘나고 힘 있는 어른도 스스로 화장실에 가서 용변과 소변을 보고 스스로 뒤까지 닦아야 하지만 아기는 가만히 누운 자세로 싼 황금색 똥을 어른들이 닦아준다.

아기의 울음, 그 울음으로 만사를 해결하는 이 생득적 능력은 본능(本能)이다. 아기의 식욕 본능, 수면 본능, 활동 본능, 배설 본능은 아기의 특권이자 고유 권한이다.

그러나 어른의 경우는 어떠한가? 어떤 어른이 있어, 시간이나 장소를 가리지 않고 먹어대고, 큰 대자로 널브러져 자고, 자기 멋대로 행동하고, 방뇨하고 방분을 한다. 그러면 사람들이 무어라 할까? 인간답지 못하다고 지탄할 것이다.

이성(理性), 사람은 자라면서 이성이라는 학습능력과 환경적응능력을 가진다. 이것의 힘으로 동물적인 본능은 통제되고 조절되어 비로소 사람답게 변화, 성장한다.

그런데 이 물질만능시대, 개인주의시대에 일부 우려되는 세류(世流)가 있다. 이른바 '명품' 열풍이다. 소유적 본능이 강한 사람들은 가지고 싶은 명품 가방, 시계, 화장품, 골프채, 자동차, 옷을 지구 끝까지 가서라도 구해서 들여온다. 소유욕에 만족하고 자랑욕에 취해서 행복해한다. 또한 식욕적 본능이 강한 이른바 미식가들은 지구 끝까지 가서라도 세계적인 명품 음식을 입 안에 넣으면서 식도락에 취한다. 정복적 본능이 강한 여행가들은 쨍빛을 내어서라도 지구 끝 명품 명소를 찾아 두 눈에 잔뜩 볼거리를 집어 넣어야 행복을 느낀다.

문제는 이러한 본능에 의해 욕망으로 표출되는 행동이 과연 자기 분수에 맞고 사회 정서에 거슬리지 않고 국민의식을 저해하는 것이 아닌가 하는 점이다. 얼핏 생각하면 "내 돈 내가 쓰는데 왜 말이 많으냐" 할 수도 있겠다. 이는 단세포적이고 자기중심적 사고이며 이타적 공익적 사고가 아니다.

현대는 이렇게 본능에 충실한 현대판 아기들이 많아져 간다. 본능에 절이고, 절고, 절인 삶은 동물과 다를 바 없다. 인간이 왜 만물의 영장인가? 이성이라는 후천적 능력으로 문화를 창조하고, 사회를 형성하며 역사를 건설하기 때문이다. 소나 돼지가 문화를 창조하는 것을 본 적이 없다.

요즘은 '성폭행'이 사회적인 문제로 골치 덩어리이다. 이 또한 본능에 따른 성욕의 충족 행위이다. 인성(人性)과 수성(獸性)의 구별은 이성(理

性)이 관건이 된다. "짐승만도 못한", "개만도 못한" 이러한 비유는 본능의 노예가 됨을 경계한 말이 아니던가.

'욕망이라는 이름의 전차'를 다스려야 한다. 욕망은 바람직한 행동의 에너지도 되지만 한편으로 동물적인 본능의 분출구이기도 하다. 전차를 멈추게 하는 제어기(制御器)는 냉철한 이성과 올바르고 주체적인 자기 분석이다.

현대는 혜성처럼 나타났다가 바람처럼 흩어지고, 제트기처럼 빨랐다가 구름처럼 사라지는 사회적 여러 상황과 현상에 처해 있다. 홍수의 부유물이 되어 떠내려가지 않는 지혜와, 이성의 끈으로 자신을 묶어 소용돌이에서 헤엄쳐 나오는 용기가 필요한 시대이다.

내가 헛되이 보낸 오늘은

희곡 〈오이디푸스〉로 유명한 고대 그리스 3대 비극작가 중의 한 사람인 소포클레스는 다음과 같이 말하였다.

"내가 헛되이 보낸 오늘은 어제 죽은 이가 그토록 갈망하던 내일이다."

이렇게 시간의 중요성을 극명하게 일러 준 명언이 일찍이 있었던가? 나와 너, 오늘과 어제, 생과 사를 대조시키는 이 교훈은 BC 5세기부터 21세기 오늘에 와서도 인구에 회자되고 있다.

그런데 정작 이 깨우침은 죽음을 눈 앞에 둔 환자들이 이 말을 되뇌면서 처절한 몸부림으로 하루하루를 아껴 보내는 데 반하여 건강한 사람들은 이 말의 중요성을 인식하지 못하고 하루하루를 무의미하게 보내고 있다는 사실이다.

아직은 건강해서 죽음의 그림자를 못 보고 사는 생활인들이여, 한 번쯤은 이 말을 곰곰 씹어보며 삶의 자세를 점검해 봄이 훗날에 남길 후회를 쫓아내는 데 보탬이 되지 않을까?

첫 번째, 실존에 충실한 삶이다. 사람들은 이미 지나 버린 과거에 연연하거나 아직 다가오지 않는 미래를 막연히 꿈꾸면서 현실에서 부응뜬 기분으로 불안하고 게으르게 살아가기도 한다. 지금(now) 여기(here)에 있지 않은 다른 무엇을 위해 신경을 쓰면 그 삶이 즐겁거나 행복할리도 없다. 그러므로 지금이라는 '시간'과 여기라는 '공간'에 충실함이 생산적이고 창조적이며 가치와 보람이 있고 쓸모가 있는 삶의 자세라 할 것이다.

두 번째, 후회하지 않는 삶이다. 세간에서는 인생의 세 가지 보편적 후회가 있다고 한다. 임종시 숨 넘어가는 소리 "걸걸걸"을 "참을 걸", "즐길 걸", "베풀 걸"의 의미를 담은 말로 보고, 살아생전에 후회하지 말고 실천할 것을 권장한 것이다.

"참을 걸"은 고통, 불행, 모욕, 분노, 시련을 참아 견디는 것이다. 우리네 삶은 순경도 역경도 있고 뜻대로 되거나 뜻대로 되지 않기도 하며 행운도 불운도 공존한다. 인내의 지팡이로 치열하게 살아가다 보면 결국은 성공, 성취, 승리, 평화라는 우승의 여신이 다가오지 않을까? 인내한다는 것도 말하기는 쉽다. 사실은 얼마나 실행하기 어려운 덕목인가? 참지 못해서 크나큰 과오를 저지르거나 기회를 놓치거나 그르치거나 남에게 상처를 입힌 적이 하 많지 않았던가? 한 번도 참기 어려운데 우리 선인들은 옛 글에서 백 번을 참으라고 하였다. 백인당중유태화(百忍堂中有泰和) 즉, "백 번 참으면 집안에 큰 평화가 있다"고 하였다.

"즐길 걸"은 자리(自利), 즉 자신을 이롭게 함이다. 이른바 행복 추구이다. 생존경쟁의 시대에서 먹기 위해서 살고, 살기 위해서 먹느라 얼마나 삶에 부대끼며 살아왔던가? 그러다 보니 무언가 보상 받고 싶다는 심정으로 현대인은 잘 먹기, 잘 입기, 물질 탐하기, 향락과 사치한 생활이 주는 쾌락을 추구하게 되고 본능인과 감성인으로 변해 간다. 쾌락은 정신적, 육체적, 물질적, 감성적 쾌락이 있으나 가장 가치 있는 정신의 쾌락은 추구하는 이가 많지 않다. 쾌락은 행복의 구성요소 중 하나이다. 쾌락 그 자체는 행복이 아니다. 그러므로 쾌락을 추구하되 빠지지 말고 그 노예가 되어서도 안 된다. 특히나 포만 뒤에 권태와 공허가 다시 찾아드는 쾌락이라면 이는 바람직한 쾌락이 아니다.

"베풀 걸"은 이타(利他), 즉 물질과 마음으로 남을 이롭게 함이다.

첫째, 물질 베풀기. 축재(蓄財)에 성공한 사람이 반드시 용재(用財)에 훌륭한 것은 아니다. 돈이란 내 인격의 독립자존을 위해 필요한 수단가치이다. 그 이상을 탐하면 목적가치로 전향되어 사람은 돈의 노예로 전락하고 베풀 수가 없게 된다. "태어날 때 제 몫을 가지고 태어난다"라는 말을 믿고 나 죽은 후에 자식이 거지 될까 봐 연연해 하지 말고, 살아생전에 부족한 이에게 지갑을 열어야 한다. "이고 가나 지고 가나"라는 말처럼 재물을 내려놓거나 없는 자에게 베풀어야 한다.

둘째, 마음 베풀기. 사람들은 '마음'이라도 넉넉하게 베풀며 살아오지 못했다. 자존심과 체면 때문에 넉넉하고 너그럽게 말을 건네지 못한 경우가 하 많지 않았던가? 세 치 혀가 감동적인 말 한 마디로 천 냥 빚을 갚을 때도 있건만 혀 밑에 든 도끼로 둔갑하여 남의 마음을 갈기갈기 찢어 놓기도 한다. 남편이 아내에게 "사랑한다"는 말도 아내가 아플 때나 임종 때에나 겨우 들려줄 것이 아니다. 평소에 적절하게 구사하면 그날 저녁 식탁에 반찬 가짓수가 더 늘어날 수도 있다. 아내는 남편에게 "쥐꼬리만한 월급"이라며 자존심을 구겨 놓을 것이 아니다. "얼마나 피곤하세요?"라는 말 한 마디에 다음날 퇴근하고 현관에 들어서는 남편의 손에는 과일 봉지가 틀림없이 들려 있을 것이다.

땀을 흘리고 공을 들인 삶과 세월에 몸을 맡기고 표류하며 살아간 인생의 판도나 종착역이 어찌 같을 수 있을까? 오늘이 쌓이고 내일이 쌓여서 훗날의 나의 보람된 미래를 이룬다는 것을 생각하면 어찌 하루하루를 그냥 흘러 보낼 수 있을 것인가?

　삶이란 한 권의 책이다. 읽다 말거나, 대강 읽거나, 읽다 덮어 버린 삶은 진정한 삶이 아니다. 한 장 한 장 정성껏 넘겼을 때 후회 없이 삶의 마지막 책장을 덮을 수 있다.

　인생이란 4계절이다. 봄에 싹을 틔우고 여름에 무성하게 가꾸어 가을에 결실을 거두어야 겨울에 편안하게 몸을 뉠 수 있는 것이다.

8

평설(評說)의 뜨락

수필에 나타난 철학성(哲學性) 소고(小考)

수필은 향이다.
하늘로 승천하는 듯 하얀 곡선을 그리며
피어오르는 모양도 예술작품이며,
코에 느껴지는 그윽한 향내도 예술이다.

수필에 나타난 철학성(哲學性) 소고(小考)

1. 언어예술로서의 수필

동서양을 막론하고 모든 수필가들은 프랑스의 철학자 몽테뉴(Michel Euquem Montaigne)에게 감사해야 할 것이다. 지금으로부터 429년 전인 1580년과 그 후 1588년에 증보판으로 펴낸 총 3권의 책 제목, 《Les Essais》는 그대로 이른바, 수필(隨筆), 에세이(Essay)라고 명명되어 지금까지 문학의 한 장르로 자래 매김을 확고히 다지는 계기를 마련해 주었기 때문이다.

그러나 한 편으로 그에게 원망도 해야 할 것이다. 그는 책의 서문에서 "내가 묘사하는 것은 나 자신이다(It is myselfeI portraite). 여기 나 자신이 곧 이 책의 소재인 것이다"라고 말하였다. 이것이 그대로 수필의 정의가 되고, 수필의 내용이 되기도 하고, 수필의 성격으로도 공인되어 왔지만.

이렇게 1인칭으로 쓴 나의 이야기는 시적 자아를 이미지로 형상화하는 시(詩)나, 허구로 창조되는 세계인 소설(小說)과 달리, 아무나, 아무렇게나, 쉽게 쓸 수 있는 글이라는 인식을 주기도 하여 수필을 폄하하거나 경시하는 풍조가 생겨난 점에서 그러하다.

이러한 일부 문필가들의 편견과 독선과 아집은 수필을 "함량 미달의 문학 장르"로 보는 데에 기인하는 것이며, 이는 몽테뉴가 한 말에서 애써 언어예술로서의 그 취약점을 발굴, 합리화하려고 들었다고 할 수 있다.

또한 "수필이란 한 자유로운 마음의 산책이다(A loose sally of the mind)"라고 한 존슨(Dr. Johnson, 1709~1784)의 말처럼 수필은 그 수법에서 자유롭다. 그러다 보면 자연적으로 조직성이 부족하고 논리성이 결여된다.

이리하여 경수필의 범주에서 해석되는 수필은 개인적이며, 정서적이며, 사색적이며, 주관적이라는 비평을 면하기 어렵게 된다. 이런 점을 보완하게 되는 것이 중수필이 지니고 있는 사회적, 지적, 논리적, 객관적인 요소가 필요하게 될 것이다. 즉 언어예술로서의 수필이 완벽해지려면 경수필적인 성격과 중수필적인 성격을 두루 갖추고 있어야 한다고 말할 수 있다.

2. 좋은 수필의 조건

지난 5월 27일 향년 88세로 영면한 한국 철학계의 거목이며 수필가인 김태길 서울대 명예교수는 수필집 《초대》에서 좋은 수필의 조건을 명쾌하게 피력하였다.

그 문장에 문학적 향기가 가득하고 내용에 철학적 깊이를 느끼게 하는 필자의 마음이 담겨 있을 경우에 독자는 모종의 감동을 느낀다.

– 〈수필의 문학성과 철학성〉 중에서

즉 문학성과 철학성을 함께 아우른 것이 좋은 수필이라 하였다.

위의 '문학적 향기가 가득한 문장' 이란 바로 문학성을 뜻한다. 언어로 빚어 언어로 느끼는 아름다움, 즉 언어예술은 아무래도 일차적으로 미적 감동을 주어야 할 것이다.

이왕이면 간결한 문장으로, 이왕이면 함축성 있는 표현으로, 이왕이면 해학성도 지니게, 이왕이면 속담이나 고사나 명언, 잠언 등을 인용하여 글이 뜻하는 바를 깊게, 높게 인상적으로 새기고, 이왕이면 글쓴이의 아름다운 마음이 드러나게, 이왕이면 세상 사는 아름다운 이야기가 진실하게 솔직하게 표현되어야 한다.

일부 작가들은 문학성을 너무 강조하는 나머지, 미문에만 그치는 글, 음악적인 리듬만을 느끼는 글, 수식에 급급한 글을 쓰곤 하는데 이는 진정한 문학성을 확보하는 글쓰기 자세가 아니라고 할 수 있다.

위의 '철학적 깊이를 느끼게 하는 필자의 마음' 이란 바로 철학성을 뜻한다. 유사한 용어로 '교훈성' 이기도 하다. 수필의 철학성이란 보편적인 논리와 이성에 바탕을 두고 자연이나, 인생, 사회나, 역사에 대해서 작가의 주관이 객관화 과정을 거치고, 작가의 특수성에서 일반화 과정을 거쳐 보편타당성과 설득력을 지니고 독자에게 수용되는 교훈적인 가치를 뜻한다.

한 편의 수필을 읽고, '무언가를 느끼고, 깨닫고, 가르침을 받아, 자신의 생활 자세를 돌아보게 하고, 가다듬게 하고, 유익하게 하는 것' 이 있는 수필이어야 한다.

이 지면에서는 좋은 수필의 조건이 되는 문학성과 철학성 중 지면 관계로 철학성만을 가지고 이것이 어떤 구체적인 문장으로 수필 속에 투영되고 있는가를 살펴보기로 한다.

3. 수필의 철학성

1) 철학성의 의의
철학자이며 수필가인 김태길은 또한 다음과 같이 수필의 철학성을 논하였다.

철학성이 풍부한 수필이 좋은 수필이라는 말은 깊고, 넓고, 바른 생각, 즉, 훌륭한 사상을 많이 담고 있는 수필이 좋은 수필이라는 말에 가깝다는 결론이다. 수필의 문학성이 주로 그 문장에 비중을 두는 것이라면, 수필의 철학성은 주로 그 속에 그려진 마음의 세계에 비중을 두는 것이라고 말할 수 있을 것이다. …(중략)…

수필은 작가의 인품과 불가분의 관계를 가졌고, 인품이 높은 사람은 넓은 의미로 '철학'을 가진 사람이라고 말할 수 있다.

– 〈수필의 문학성과 철학성〉 중에서

위의 글에서 '깊고, 넓고, 바른 생각, 즉, 훌륭한 사상을 많이 담고 있는' 철학성이 풍부한 수필이 되기 위해서는 자연적으로 글은 신변잡기적에서 벗어날 수밖에 없다. 그리하여 수필의 철학성은 중수필의 성격을 띠게 된다.

중수필의 성격이란 경수필, 즉 몽테뉴적 수필과는 달리, 베이컨적 수필이라 하여, 포멀 에세이(formal essay), 혹은 에세이(essay)라 하며 학문적, 철학적, 비평적, 지성적, 객관적인 성격을 지니고 있다.

중수필은 제목부터가 추상적이고 철학적인 경우가 많다. 수법에서도 논리적이고 설명적이다. 그러다 보면 경수필에서보다 더 많은 지식과 삶의 지혜를 얻게 된다.

여기 인용하는 작품의 예문은 작가의 인지도를 기준한 것이 전혀 아니고, 필자의 집필 의도에 맞추기 위해 작품에 나타난 교훈성 내지 철학성을 추출, 선정한 것이므로 행여 독자의 오해가 없기를 바란다.

2) 한국 작품에서 본 철학성

다음의 예문은 철학자, 교육자, 수필가인 안병욱의 〈행복의 메타포〉라는 수필이다.

똑같은 상황에서 일에 임하는 세 사람의 석공의 마음가짐이 각각 다름을 펼쳐 보이면서 행복을 얻을 수 있는 마음가짐이란 긍정적이고 능동적인 만족감에서 비롯됨을 일깨워 주는 교훈적, 사색적, 명상적인 글이다. 주제의식은 '행복은 마음의 문제' 이다.

20여 년 전에 배운 영어 교과서의 삽화(揷話) 하나가 생각난다.

어떤 교회를 짓는 데 세 사람의 석공이 와서 날마다 대리석을 조각한다. 무엇 때문에 이 일을 하느냐고 물은 즉, 세 사람의 대답이 각각 다르다.

첫째 사람은 험상궂은 얼굴에 불평불만이 가득한 어조로,

"죽지 못해서 이놈의 일을 하오."

둘째 사람은 담담한 어조로 이렇게 말한다.

"돈 벌려고 이 일을 하오."

그는 첫째 사람처럼 자기가 하는 일에 대해서 불만을 갖지 않는다. 그렇다고 별로 행복감과 보람을 느끼는 것도 아니다.

셋째 사람은 평화로운 표정으로 만족스러운 대답을 한다.

"신의 영광을 드러내기 위하여 이 대리석을 조각하오."

그는 자기가 하는 일에 보람과 행복을 느끼는 사람이다.

이 삽화의 상징적 의미는 설명할 필요조차 없다. 사람은 저마다 저다운

마음의 안경을 쓰고 인생을 바라본다. 그 안경의 빛깔이 검고 흐린 사람도 있고, 맑고 깨끗한 사람도 있다. 검은 안경을 쓰고 인생을 바라보느냐? 푸른 안경을 통해서 인생을 바라보느냐? 그것은 마음에 달린 문제다. 불평의 안경을 쓰고 인생을 내다보면 보고 듣고 경험하는 것이 모두 불평 투성이요, 감사의 안경을 쓰고 세상을 바라보면 인생에서 축복하고 싶은 것이 한없이 많을 것이다.

– 안병욱의 〈행복의 메타포〉 중에서

이 글은 수필이 바로 삶의 지침서라는 것을 잘 일러주고 있다 할 것이다. 안경은 자신이 스스로 쓰듯 스스로 마음을 다스리는 의지는 삶의 자세에서 중요한 것임을 비유한 것이다. 마음의 경지를 검은 안경, 푸른 안경, 불평의 안경, 감사의 안경으로 비유하면서 독자에게 행복을 터득하는 삶의 지혜를 쉽게 일깨워 주고 있다. 불교에서 말하는 일체유심조(一切唯心造)의 원리와 닮은 이치이다. 행복도, 불행도 자신이 창조하는 이치는 늘 마음자리를 긍정적으로 살피는 것이라고 강조한다. 멋진 비유로 글뜻을 화끈하게 일러 주는 구절들이 있는데 13행부터 쓰인 '마음의 안경', '검은 안경', '푸른 안경', '불평의 안경', '감사의 안경' 이다.

다음 예문은 수필가, 독문학자인 김진섭의 〈생활인의 철학〉이라는 수필이다.

생활인의 철학이라는 것은 일상으로 행해지는 평범한 생활 속에서 얻어진다는 것이다. 바람직한 삶의 자세는 이상론적이 아니라, 현실적, 실천적이며, 멀리에 있지 않고, 가까이 있으며, 권위적이고 위선적이기 보다, 소박한 삶을 영위하면서 얻어지는 예지나, 신념, 통찰력, 지혜 같은 것임을 강조한 논리적, 현학적, 사색적, 교훈적인 글이다. 주제의식은 '평범한 생활인의 생활체험에서 우러나온 예지가 바로 생활인의 철학' 이다.

　나는 흔히 철학자에게서 생활에 대한 예지의 부족을 인식하고 크게 놀라는 반면에는, 농산어촌(農山漁村)의 백성, 또는 일개의 부녀자에게 철학적인 달관을 발견하여 깊이 머리를 숙이는 일이 불소(不少)함을 알고 있다. 생활인으로서의 나에게는 필부필부(匹夫匹婦)의 생활 체험에서 우러난 소박, 진실한 안식(眼識)이 고명한 철학자의 난해한 글보다는 훨씬 맛이 있다는 것을 고백하지 않을 수 없다. …(중략)…

　하나의 좋은 경구(警句)는 한 권의 담론서(談論書)보다 나은 것이다. 그리하여 언제나 인생의 지식인 철학의 진의(眞意)를 전승하는 현철(賢哲)이 존재한다는 것은 고마운 일이다. 그래서 이러한 무명의 현철은 사실상 많은 생활인의 머릿속에 숨어 있는 것이다. 생활인의 예지, 이것이 곧 생활인의 귀중한 철학이다.

- 김진섭의 〈생활인의 철학〉 중에서

"평범 속에 비범이 있다"라는 말이 있다. 유식하지 않으면서, 평범한 사람들, 일상적인 생활 체험, 그 속에서 우러나온 보석 같은 깨달음은 보물 같은 생활신조가 된다.

　독자들도 평범한 생활이든 비범한 생활이든 하여튼 생활은 하고 있다. 어떤 생활인에게든 이 사상은 보편성을 획득하는 데에 무리는 없을 것으로 보여진다. 따라서 공감을 통한 쾌감까지를 넉넉히 불러일으키고 있다.

　명구절은 1행에 쓰인 '농산어촌(農山漁村)의 백성, 또는 일개의 부녀자에게 철학적인 달관을 발견하여 깊이 머리를 숙이는' 이며 인상적인 단어는 '무명의 현철' 이다. 글 내용은 소박하다. 그러나 어려운 한자어가 많이 등장하여 딱딱한 분위기를 느끼게 하고 의미 풀이도 쉽지 않다. 이는 표의문자인 한자어를 일부러 사용하여 글 뜻을 더 강하게 새기고자 한 의도라고 생각해 주어야 할 것이다.

다음 예문은 시인이며 아동문학가인 유경환의 〈돌층계〉라는 수필이다.

국립 중앙 박물관의 한 층 한 층 쌓여진 돌층계를 바라보면서 그것을 바로 삶의 계단과 다르지 않음을 느끼고 성실하게 살아갈 것을 다짐하는 회고적, 자성적, 비유적, 교훈적인 글이다. 주제의식은 '성실하게 살아가는 삶이 중요하다.' 이다.

우리는 인생을 너무 쉽게 살려고만 허둥거리며 살아 왔다. 차근히 한 층, 한 층 밟아야만 할 과정을 다 바라보고 올라가는 성실한 사람을 오히려 어리석게 여기는 눈길로 바라보거나 또는 약삭빠르게 잔재주로 앞지르려는 사람을 부러워하는 눈길로 바라보았었다. 얼마나 높게 오르느냐 하는 것만을 고개 들어 쳐다보았기에 쉽게 오르려 했었다. 남보다는 조금 더 많이 오르려는 욕심 때문에 남을 제치거나 딛고 올라서려 했었다. 끝이 있는 삶의 계단에 얼마나 높게, 얼마나 빨리 오르느냐 하는 것이 별로 큰 문제가 안 된다는 것을, 이제야, 힘이 드는 나이에 생각이 드는 것이다. 그래서인지 국립 중앙 박물관의 높은 돌계단이 보이지 않는 손짓으로 내 삶의 성실성을 시험해 보려는 것처럼 보인다.

– 유경환 〈돌층계〉 중에서

'돌층계' 라는 구체적인 사물의 속성을 이용하여 '삶' 이라는 추상적 의미를 표현하고 있다. 삶의 계단, 참으로 멋진 비유이다. 참신한 소재,

개성적인 표현은 작품성을 한껏 높이고 작가의 사상과 감정은 독자에게 신선하게 다가간다. 차근차근 밟아 올라가야 하는 계단이 곧 성실하게 한 발 한 발 내딛어야 하는 삶의 자세에 비유한 훌륭한 사상에서 수필의 철학성은 이렇게 빛을 발한다. 5행에 쓰인 '끝이 있는 삶의 계단' 이라는 상징적인 의미가 음미할 만하다.

다음 예문은 영문학자, 수필가인 피천득의 〈플루트 연주자〉라는 수필이다.

다양한 규모와 편성으로 된 기악합주단 연주에는 단원 전체와 부분의 조화가 연주의 성공 여부를 결정짓는 중요한 단서가 된다. 이처럼 삶에 있어서도 조화를 이루며 사는 것이 중요하다는 것을 지적한 교훈적, 서정적, 신변잡기적인 글이다. 주제의식은 '조화로운 삶을 추구하며 살자' 이다.

오케스트라와 같이 하모니를 목적으로 하는 조직체에서는 한 멤버가 된다는 것만도 참으로 행복한 일이다. 그리고 각자의 맡은 바 기능이 전체 흐름에 종합적으로 기여된다는 것은 의의 깊은 일이다. 서로 없어서는 안 된다는 신뢰감이 거기 있고, 칭찬이거나 혹평이거나 '내' 가 아니고 '우리' 가 받는다는 것은 마음 든든한 일이다.

자기의 악기가 연주하는 부분이 얼마 아니 된다 하더라도, 길고 독주하는 부분이 없다고 하더라도 그리 서운할 것은 없다. 남의 파트가 연주되는 동안, 기다리고 있는 것도 무음(無音)의 연주를 하고 있는 것이다.

– 피천득 〈플루트 연주자〉 중에서

현대는 생존 경쟁이 치열하다. 사람은 무엇이나, 일등이나 최고만을 높이 평가하고, 기억하고, 그렇게 되기를 원하는 경향이 있다.

이 글은 그런 점에서 일침(一針)을 가하고 있어서 충분히 교훈성을 확보하고 있다. 보석같이 빛나고 있는 핵심적인 단어는 6행에 쓰인 '무음(無音)의 연주'이다. 인내와 협동과 겸손함을 상징하는 이 단어 하나의 사용만으로 글의 주제를 십분 살리고 있는 것은 이 작가의 필력이라 할 것이다.

다음 예문은 승려이며 수필가인 법정의 〈무소유〉라는 수필이다.

3년 동안이나 애지중지 키우던 난초를 홀연히 지인에게 주어 버린 후 무소유가 주는 의미를 깨닫게 된다는 체험적, 사색적, 교훈적인 글이다. 표현된 주제는 '진정한 자유와 평안은 무소유에서 나온다'이다.

인간의 역사는 어떻게 보면 소유사(所有史)처럼 느껴진다. 보다 많은 자기네 몫을 위해 끊임없이 싸우고 있다. 소유욕에는 한정도 없고 휴일도 없다. …(중략)… 만약 인간의 역사가 소유사에서 무소유사로 그 방향을 바꾼다면 어떻게 될까. 아마 싸우는 일은 거의 없을 것이다. 주지 못해 싸운다는 말은 듣지 못했다. …(중략)… 우리는 언젠가 한 번은 빈손으로 돌아갈 것이다. 내 이 육신마저 버리고 홀홀이 떠나갈 것이다. 하고 많은 물량일지라도 우리를 어떻게 하지 못할 것이다.

"크게 버리는 사람만이 크게 얻을 수 있다"는 말이 있다. 물건으로 인해 마음을 상하고 있는 사람들에게는 한 번쯤 생각해 볼 말씀이다. 아무 것도 갖지 않을 때 비로소 온 세상을 갖게 된다는 것은 무소유의 또 다른 의미이다.

– 법정의 〈무소유〉 중에서

인간이 지닌 속성인 탐욕, 집착을 버리면 소유욕에서 벗어난다. "인간의 역사는 소유사"라는 작가의 창의적인 비판의식은 상당한 설득력을 지닌다. 국가 간의 전쟁 발발이 그러했으며, 작금에 와서 북한의 핵 개발로 인한 국가 간 갈등 유발이 그러하다.

'무소유가 지닌 의미.' 이는 간단한 진리이지만 오욕(五慾) 투성이인 인간 생활에서는 그 의미를 향유하기란 실로 어려운 것이다.

화두 삼아 곱씹어 볼 만한 가치를 지닌 구절은 8행에 쓰인 '아무 것도 갖지 않을 때 비로소 온 세상을 갖게 된다는 것은 무소유의 또 다른 의미' 이다.

3) 외국 작품에서 본 철학성

다음 예문은 세계의 지성으로 불리는 중국의 문예비평가, 소설가인 임어당(林語堂, 1895~1976)의 〈생활의 발견〉이라는 수필이다.

행복이라는 것은 철학적이나 이론적인 거창한 개념이 아니라, "현재 살고 있으며 그것을 직시하며, 즐기며 사는" 데에 있다는 사색적, 비판적, 교훈적인 글이다. 주제의식은 '인생의 목적은 행복 추구' 이다.

　인생의 목적이 무엇이어야 하는 것에 대해서라면 누구든 자기의 사고 방식이나 가치 판단을 들고 나올 수 있다. 우리가 이 문제에 대해 항상 논쟁하는 것은 이러한 이유 때문이며, 가치판단은 사람에 따라 다르기 때문이다. 내 경우는 너무 철학적이 아니고 좀더 실제적이면 족하다. 나는 인생에는 반드시 목적이나 의의가 있어야만 한다는 따위의 억측으로 판단하지는 않는다. "살고 있다. 그것만으로 충분하다"고 월트 휘트먼도 말한다. 살고 있다. 그것만으로 족하다. 아마도, 아직 수십 년이나 더 살아갈 수 있을 것이다. 여기에 인생이라는 것이 있다. 그것만으로 충분하다. 이런 식으로 생각하면 문제는 간단해지고, 두 가지의 해답이 나오지 않고 오직 한 가지만이 있을 따름이다. 즉, 인생을 즐기는 것 외엔 인생에 어떤 목적이 있는가?

모든 이교도 철학자에게는 커다란 문제인 이 행복론을 기묘하게도 기독교 사상가들은 등한시하고 있다. 신학의 영향을 받고 있는 사람들을 괴롭히는 큰 문제는 인간의 '행복'이라는 것이 아니라, 참혹한 말이지만 인류의 '구제'라는 것이다.

– 임어당의 〈생활의 발견〉 중에서

인생론, 행복론 등 수많은 논쟁감을 놓고 수많은 철학자, 사상가들의 이론과 주장이 많다. 그런 가운데 참다운 행복이란 유심론자나 유물론자의 극한 주장에 있지 않고, 정신에서도, 육체에서도 행복감을 가지는 것이라고 역설하는 작가의 사상은 얼핏 보기에는 공감이 가지 않는 주장이다. 그러나 깊이 생각을 해 보면 인생을 관조한 달관의 경지가 엿보이는 사상이다. 행복에 대해서 많은 생각과 느낌을 가지게 하고 자신에게 맞는 행복관 내지 인생관을 세우는 데에 도움을 줄 수 있는 글이다.

깊이 음미할 만한 가치를 지닌 철학적인 문장이 있으니 5행의 '살고 있다. 그것만으로 족하다'이다.

다음 예문은 영국의 정치가, 과학자, 수필가인 베이컨(F. Bacon)의 〈학문〉이라는 수필이다. 학문이라는 것은 즐거움과, 장식과, 능력을 키워주는 효용성이 있으며, 그런 학문에 대해서 무조건 맹신하거나 맹종을 피하여 주체의 능력과 필요에 따라 여러 방법을 연구하여 학문에 임해야 한다는 철학적, 논리적, 비판적인 글이다. 주제의식은 '학문하는 올바른 방법과 태도'이다.

학문은 즐거움을 돕는 데에, 장식용에, 그리고 능력을 기르는 데에 도움이 된다. 즐거움으로서의 주효용은 혼자 한거(閑居)할 때에 나타난다. 장식용으로서는 담화 때에 나타난다. 능력을 기르는 효과는 일에 대한 판단과 처리 때에 나타난다. 숙달한 사람은 일을 하나 하나 처리하고, 개별적인 부분을 판단할 수 있을지 모른다. 그러나 일에 대한 전체적인 계획, 구상, 통제에 있어서는 학문 있는 사람이 제일 낫다. …(중략)…

약빠른 사람은 학문을 경멸하고, 단순한 사람은 그것을 숭배하고, 현명한 사람은 그것을 이용한다. 그 자체가 가르쳐 주는 것이 아니라, 그것은 어디까지나 학문을 떠난, 학문을 초월한 관찰로써 얻어지는 지혜에 속하는 문제이기 때문이다

역사는 사람을 현명하게 하고, 시작(詩作)은 지혜를 주고, 수학은 섬세하게 하고, 자연과학은 심원하게 하고, 윤리학은 중후하게 하고, 논리학과 수사학은 담론에 능하게 한다.

학문은 발전하여 인격이 된다.

– 베이컨의 〈학문〉 중에서

몽테뉴보다 28년 후에 출생한 베이컨, "아는 것은 힘이다" 라는 명언을 남긴 베이컨, 오죽하면 경수필을 몽테뉴적 수필이라 부르며, 중수필을 베이컨적 수필이라고 부를 만큼 그의 필치는 날카롭고 예리하여, 사회적이고, 철학적이고, 논리적이며, 지적이다. 인생을 종교적, 철학적으로 견지하는 그는 학문의 효용적 가치와 필요성을 간명하고 직재한 문체로 역설하였다.

인용문 중 학문의 장식성을 언급한 것은 요즘같이 학문을 약삭빠르게 하나의 '장식' 으로 삼아서 출세하거나 처신하는 일부 학자들에게 경종을 울리고도 남을 말이며, 이 말을 이미 412년 전에 갈파한 것은 그의 정치가로서의 모습과 해박한 지성을 함께 보여주는 한 예이기도

하다.

무한한 함축적인 의미를 담은 문장은 마지막 행에 나오는 '학문은 발전하여 인격이 된다' 라는 말이다.

다음 예문은 영국의 수필가, 저널리스트, 전기 작가인 가드너(A. G. Gardiner)의 수필이다. 다리미질을 하려고 모자점에 들렀던 작가는 모자점 주인이 모자 사이즈 하나만으로 사람을 평가함을 보고 그러한 시각과 판단이 잘못되었음을 지적한 사색적, 교훈적, 비유적, 해학적인 글이다. 주제의식은 '사물이나 세계를 자기식의 편견으로 바라보지 말고 객관적으로 봐야 한다' 이다.

우리는 제각기 자기 특유의 창구멍을 통해서 인생을 들여다보는 버릇이 있다는 것을 알 수 있기 때문이다. 지금 본 것은 그 모자의 사이즈를 통해서 온 세상을 들여다보는 사람의 경우였다. 그는 죤스가 7과 2분의 1을 쓴다고 해서 그를 존경하고, 스미스는 6과 4분의 3밖에 안 된대서 아무것도 아니라고 무시한다. 정도의 차는 있지만 우리는 모두 이러한 제한된 직업적 시야를 가지고 있는 것이다. …(중략)…

치과의사도 마찬가지다. 그는 온 세상을 이빨에 의하여 판단한다. 제군의 입을 잠깐 들여다보기만 하고서도 제군의 성격이나 습관이나 건강 상태, 지위, 성질 등에 대하여 확고부동한 자신을 갖는다. 그가 신경을 건드리면 제군은 몸을 움츠린다. '아하! 이 친구 술과 담배와 차나 커피를 과음하는군' 하고 심중으로 혼자 생각한다. 그가 치열이 고르지 못한 것을 본다. '가엾게도 이 사람은 아무렇게나 자랐구나'. 그는 치아가 등한시된 것을 본다. '칠칠치 못한 친구로군. 쓸데없는 데에 돈을 다 쓰고 식구는 돌보지 않는 것이 사실이겠지' 하고 그는 말한다. 그리고 제군에 대한 진찰이 끝날 무렵에는 그는 제군의 이를 증거로 해서만이라도 제군의 전기를 쓸 수 있을 것같이 생각한다.

– 가드너의 〈모자 철학〉 중에서

개인의 구체적인 경험을 일반화하여 보편적인 주제로 확장시키고 있다. 모자점 주인은 모자의 사이즈로, 재단사는 복장 상태로, 구두공은 구두 상태로, 치과의사는 치아 상태로, 실업가는 회계 상태로, 문인, 언론인은 언어를 구사하는 기교를 보고 사람이나 세상을 바라보고 평가한다고 하였다.

예화를 통해서 깨치기 쉽게 쓴 수법과 표현에 있어 해학성, 서술에 있어 재치로움이 단연 돋보이는 작품이다. 독자들의 잘못된 견식 자세를 돌아보게 하기도 하고, 새롭게 바꾸게도 할 수 있는 설득력을 지니고 있어 설득력과 교훈성을 함께 지니고 있다. 철학적인 깨달음을 주는 의미로 쓰인 구절은 1행에서 "우리는 제각기 자기 특유의 창구멍을 통해서 인생을 들여다보는 버릇이 있다"와 4행에서 "우리는 모두 이러한 제한된 직업적 시야를 가지고 있는 것"이다.

4. 수필의 사명

1) 작가는 허브, 작품은 아로마

현대는 공해에서 벗어나 자연주의로 복귀하려는 조류를 타고 허브가 각광을 받고 있는 시대이다.

허브(Herb)란, 꽃이나 잎, 줄기에 향기나 향미가 있는 식물들을 총칭한 단어이다. 라벤더, 로즈마리, 박하, 자스민 같은 식물들이 그 대표적 종류이며, 이 식물들은 향료나 화장품, 요리, 미용, 약제의 원료로 쓰이고 있다.

아로마(Aroma)란, 방향(芳香), 향기, 품격, 기품이라는 뜻의 영어이며, 허브에서 나오는 좋은 향기를 말한다.

작가는 허브여야 하며, 작품은 허브에서 추출한 아로마여야 한다.

식물에서만 아로마를 찾을 것이 아니다. 생각과 느낌과 체험의 소산물인 글에도 아로마가 없으라는 법은 없다. 아로마를 느끼는 글, 아로마가 깃들인 글을 쓰도록 노력해야 한다.

글에서 풍기는 문학의 향기, 인품의 향기가 독자의 가슴으로 들어가서 그 미적 감동이 정신세계에 파동을 일으킬 때 작가는 사명과 의무를 다했다고 할 수 있으며, 독자는 환희심에 젖거나 지적 깨달음에 이를 수 있으며, 그 작품성은 인정을 받게 될 것이다.

수필은 향이다. 하늘로 승천하는 듯 하얀 곡선을 그리며 피어오르는 모양도 예술작품이며, 코에 느껴지는 그윽한 향내도 예술이다. 글도 이와 같은 것이다. 생각과 느낌과 체험의 춤사위도 예술적이어야 하고, 함께 느껴지는 글의 향기도 그윽해야 할 것이다.

글쓰기 이론과 잘 쓰기 실제는 일치되기가 쉬운 것은 아니다. 문학적 향기와 교훈적, 철학적 향기를 함께 아우르는 것, 그것이 가장 이상적인 수필의 글쓰기일 것이다.

2) 수필의 현안

첫째, 수필과 수필가에 대한 편협하고 부당한 인식을 불식하여야 한다. 문학의 장르 중 수필(隨筆)은 언어예술로서의 자질도 의심 받고 있으며 그 위상마저 흔들리고 있다. 자신의 이야기를 자유자재로 썼다고 해서, 허구적 창의성이 결여되었다고 해서, 문학성이 약하다고 해서, 글의 내용이 교훈적, 철학적이라고 해서, 등등 이유로 수필문학을 우습게 보는 시각이 더러 있다.

둘째, 신춘 문예공모전 응모 부문에 수필이 자리매김을 하여야 한다. 수필은 왕따 신세이며 따돌림을 받고 있다. 언어예술이라는 한 가족 중에서 수필은 미운 오리 새끼이다. 문학이라는 식탁에서 수저는 있는데 수필이라는 밥그릇은 없는 격이다. 모름지기 제 밥을 찾아 먹어야 한다.

또한 궁극적으로 수필은 인간학이다. 수필가를 꿈꾸는 지망생들에게 수필쓰기를 통하여 수필문학의 건재를 알리고 삶의 지혜를 일깨워 주는 수필의 효용성을 알려 주어야 한다. 신춘문예공모 때에 수필 장르 탈락은 잘못 낀 단추이다. 애초 누가 낀 단추인지는 모르지만 첫 단추가 잘못 끼였다는 것을 안다면 지금이라도 단추를 다시 바로 껴야 한다. 알면서도 고치려 들지 않는 것을 보면 편협된 시각이 확실하고, 공공연한 폄하의 작태라 아니 할 수밖에 없다.

셋째, 수필가는 피나는 노력으로 세기를 풍미할 만한 높은 작품성을 지닌 작품들을 생산해 내어야 한다. 선과 색채로 된 시각예술인 그림 〈모나리자〉는 약 500년 전에 레오나르도 다빈치가 4년에 걸쳐 붓을 놀린 끝에 얻은 대작이며, 시인 조지훈의 〈승무〉는 착상을 한 후 11개월이 지나고, 쓰기 시작한 지 7개월이 지나 완성할 때까지 승무를 직접 하는 곳에 찾아가서, 보고, 듣고, 느낀 것을 작품화하였기에 수작(秀作)이 되었다.

우리 수필가들은 한 편의 수필을 긴 시간에 걸쳐 생각하고, 느끼고, 체험하고, 사색하여 불후의 역작을 만들 생각을 해 보아야 할 것이다. 굳이 긴 시간을 할애하지 않더라도, 손끝으로 가볍게 쓰는 글에서 탈피하여, 가슴 속 깊은 곳에서 피와 땀과 격정으로 뜸을 들인 정신작업을 거쳐 어렵게 건져 올리는 엑기스와 증류수 같은 수필을 창조하여야 한다.

매년 7월 15일은 수필의 날이다. 이 날을 기하여 여러 원로 수필가, 유명 수필가, 수필의 날 운영위원회, 한국문인협회 수필분과회, 수필 문예지, 수필문학회, 수천 명의 수필가, 수필 애호가들은 서명 운동을 불사하더라도 다시 한 번 수필 차별 시정을 위한 건의서를 한국문화예술위원회 및 신문사, 관련 단체에 제출하여 수필 폄하 및 차별로 인한 여러 불이익 사례를 일소하고 수필의 위상을 바로 세워야 할 것이다.

김경남 수필집

내 영혼의 뜨락

·

지은이 / 김경남
발행인 / 김재엽
발행처 / 한누리미디어
디자인 / 지선숙

·

121-840, 서울시 마포구 잔다리로 35 서원빌딩 2층
전화 / (02)379-4514, 379-4519
Fax / (02)379-4516
E-mail/hannury2003@hanmail.net

·

신고번호 / 제300-2006-61호
등록일 / 1993. 11. 4

·

초판발행일 / 2013년 2월 28일

·

·

값 13,000원

ISBN 978-89-7969-447-5 03810